古典詩歌研究彙刊

第三三輯

龔鵬程 主編

第6冊

蘇軾神仙吟詠詩的文學意涵與價值（下）

鄧瑞卿 著

國家圖書館出版品預行編目資料

蘇軾神仙吟詠詩的文學意涵與價值（下）／鄧瑞卿 著 -- 初版 -- 新北市：花木蘭文化事業有限公司，2023〔民 112〕

目 2+170 面；17×24 公分

（古典詩歌研究彙刊 第三三輯；第 6 冊）

ISBN 978-626-344-212-2（精裝）

1.CST：（宋）蘇軾 2.CST：宋詩 3.CST：詩評

820.91 111021851

古典詩歌研究彙刊

第三三輯 第 六 冊 ISBN：978-626-344-212-2

蘇軾神仙吟詠詩的文學意涵與價值（下）

作　　者 鄧瑞卿
主　　編 龔鵬程
總 編 輯 杜潔祥
副總編輯 楊嘉樂
編輯主任 許郁翎
編　　輯 張雅淋、潘玟靜　美術編輯 陳逸婷
出　　版 花木蘭文化事業有限公司
發 行 人 高小娟
聯絡地址 235 新北市中和區中安街七二號十三樓
　　　　 電話：02-2923-1455 ／傳真：02-2923-1452
網　　址 http://www.huamulan.tw 信箱 service@huamulans.com
印　　刷 普羅文化出版廣告事業
初　　版 2023 年 3 月
定　　價 第三三輯共 8 冊（精裝）新台幣 16,000 元

蘇軾神仙吟詠詩的
文學意涵與價值（下）

鄧瑞卿 著

目次

上冊

中冊

下　冊

第五章　蘇軾神仙吟詠詩的文學價值

人們對神仙的信仰與崇拜，並未隨著歷史長河的演進而停歇，反而因時代遞進而變異。從原始初民對自然現象的敬畏無知，投向以神話理論，合理詮釋自然界的一切，於是發展神話系統，有初民知識的累積，含括他們對自然宇宙、宗教道德等觀念的匯集，更有民族英雄人物事蹟的歷史傳說。繼由神話衍變成仙話系統，則以仙人活動為主要內容，追求的是長生不死、自由快樂，超越現實人生中酷苦的一面，嚮往過著幸福生活。

本章節探討蘇軾神仙吟詠詩的文學價值，擬從三方面論析。蘇軾藉由神仙吟詠詩的創作，使文學價值發揮重現了淵明精神的詩藝性，並探究生命價值的深度，從積極的面向，看待蘇軾的人生態度。最後，探討蘇軾神仙吟詠詩作的文學文藝的肯定，由小我擴及大愛的範疇，對後世文化的啟示及影響層次。

第一節　陶淵明精神的再現

蘇軾體悟道家的「至道之精」〔註1〕乃是窈冥昏默之狀，足可入

〔註1〕《莊子·在宥》:「至道之精，窈窈冥冥；至道之極，昏昏默默。」(清)郭慶藩編，王孝魚整理：《莊子集釋》〈在宥第十一〉(臺北：木鐸出

於精極之淵，進而得道而致全真。蘇軾亦明白道教宗旨，以超越生命為目標，修煉內丹得長生。蘇轍言蘇軾對陶潛的欣賞，曰：「晚喜陶淵明，追和之者幾遍，凡四卷。」〔註2〕足見蘇軾對陶潛的深究與崇敬，在和陶詩的詩藝、詩境中呈現。而和陶精神即是蘇軾詩藝的改變，為探討其晚年風格的標幟。蘇軾借陶潛之觴，澆灌心中塊壘的詩藝田園，以神仙吟詠的詩作，使詩風、詩藝呈現出真實自我與文學意涵價值。

一、和陶詩中的道家與道教成分

推究蘇軾與道家道教的淵源，從蘇轍〈亡兄子瞻端明墓誌銘〉觀之：

> 公之於文，得之於天。少與轍皆師先君，初好賈誼、陸贄書，論古今治亂，不為空言。既而讀《莊子》，喟然嘆息曰：「吾昔有見於中，口未能言，今見《莊子》，得吾心矣！」乃出《中庸論》，其言微妙，皆古人所未喻。〔註3〕

從「有見於中，口未能言。」到「今見《莊子》，得吾心矣。」蘇軾善於吸取《莊子》的精粹，自然融入在文藝中，滋養成文學的養分。他貫通莊子自然齊物觀、修養存真的內蘊，達觀處事及安命觀，相互呼應成為蘇軾道家思想的核心。

蘇軾又受道教文化的啟蒙，如〈眾妙堂記〉一文，敘云：

> 眉山道士張易簡教小學，常百人，予幼時亦與焉。居天慶觀北極院，予蓋從之三年。謫居海南，一日夢至其處，見張道士如平昔，汛治庭宇，若有所待者，曰：「老先生且至。」其徒有誦《老子》者曰：「玄之又玄，眾妙之門。」予曰：「妙一而已，容有眾乎？」道士笑曰：「一已陋矣，何妙之

版社，1988 年元月)，卷 4 下，頁 381。

〔註 2〕（宋）蘇轍著，陳宏天、高秀芳點校：《蘇轍集．欒城後集》〈亡兄子瞻端明墓誌銘〉（北京：中華書局，1999 年 7 月），卷 22，頁 1127。

〔註 3〕（宋）蘇轍著，陳宏天、高秀芳點校：《蘇轍集．欒城後集》，卷 22，頁 1126～1127。

有。若審妙也，雖眾可也。」〔註4〕

眉山道士張易簡就是蘇軾的啟蒙老師，從之學習三年，影響深鉅。眉州近成都，成都有青城山，青城山就是道教聖地，此處有許多隱居學仙求道之士。因此，特有的眉山文化，讓蘇軾從小孺慕在道教的氛圍中，既已知「世間出世間，此道兩無得。」〔註5〕之理。周旋徘徊在出世、入世；仕與隱之抉擇，為其一生的課題。然道家道教哲學的智慧，已深根於蘇軾心中，從年輕任俠求仙至晚景桑榆的崇道求仙，始終未輟。

〈與劉宜翁使君書〉談論到他從年輕至晚景的求道、崇道的現象：

> 軾齠齔好道，本不欲婚宦，為父兄所強，一落世網，不能自追。然未嘗一念忘此心也。今遠竄荒服，負罪至重，無復歸望。杜門屏居，寢飯之外，更無一事，胸中廓然，實無荊棘。竊謂可以受先生之道。故託里人任德公親致此懇。古之至人，本不吝惜道術，但以人無受道之質，故不敢輕付之。軾雖不肖，竊自謂有受道之質三，謹令德公口陳其詳。……然先生筆端有口，足以形容難言之妙，而軾亦眼中無障，必能洞視不傳之意也。但恨身在謫籍，不能千里踵門，北面摳衣耳。昔葛稚川以丹砂之故求句嶁令，先生儻有意乎？嶠南山水奇絕，多異人神藥，先生不畏嵐瘴，可復談笑一遊，則小人當奉杖屨以從矣。〔註6〕

胸中廓然坦然，實無荊棘之擾。蘇軾認為內丹梨棗練就好，體內心田精氣神的凝結，眼中自然無障，能洞視一切，不傳之意足顯矣。劉宜翁乃一道士，養生有術，蘇軾對其景仰，與劉道士相仿的是都從齠齔之年即喜好道，蘇軾晚年流徙惠州，崇道求仙的意念，始終不輟。即使日後落塵網仕途，對年少時欲隱山林求仙的想法，仍是「未嘗一念忘此心」的意念心思。

〔註4〕（宋）蘇軾撰，（明）茅維編，孔凡禮點校：《蘇軾文集》〈眾妙堂記〉（北京：中華書局，2013年7月），卷11，頁361。

〔註5〕蘇軾：《蘇軾詩集》〈聞潮陽吳子野出家〉，卷47，頁2554。

〔註6〕蘇軾：《蘇軾文集》〈與劉宜翁使君書〉，卷49，頁1415～1416。

蘇軾追和陶淵明，因其天性愛自由，追求逍遙自適，不與世爭的淡泊生活哲學，論陶之懷抱是「曠而且真，加以貞志不休，安道苦節。不以躬耕為恥，不以無財為病。」〔註7〕語言雖是田家語，卻質樸中有風華；平淡中非寡味，是繁華落盡的真淳，是反璞歸真的境界。

蘇軾的和陶，在〈與程全父〉言：「隨行有《陶淵明集》。陶寫伊鬱，正賴此爾。」〔註8〕又「流轉海外，如逃空谷，既無與晤語者，又書籍舉無有，惟陶淵明一集，柳子厚詩文數策，常置左右，目為二友。」〔註9〕和陶的用意，乃借和陶抒寫己身之難處、身不由己，內心深處的鬱悶憂結，對崇道求仙有強烈的意念，為的是要釋放世間的苛刻、苟利汲營，所以要忘卻悲憤，以神仙之思寄託精神上的自由。故和陶真正目的，就是「陶寫伊鬱」宣洩自己在政治環境中被威逼壓迫，「借由所和對象的經驗，引起自身經驗的省思。」〔註10〕展開一種心靈的交流與對談。希望透過和陶詩中的神仙思維，解脫他在現實世界中的苦楚，傳達心念希望到洞天福地的神仙界中，過著幸福快樂的生活，也是反駁對現實生活不滿的意識形態。

蘇軾崇尚道家道教的自然平淡，和陶潛有相通異曲之妙。宋黎靖德《朱子語類》言：「淵明所說者老莊，然辭却簡古；堯夫辭極卑，道理却密。」〔註11〕陶詩真切，自胸中流出，字句詩意雅淡，其旨多出於老莊之思，「樸實之理，以為之骨，乃可不朽。」〔註12〕性喜平淡的陶潛，寫出「羈鳥戀舊林，池魚思故淵。」〔註13〕厭惡官場，熱愛

〔註7〕見（南朝梁）鍾嶸著，曹旭集注：《詩品集注．陶淵明集序》（上海：上海古籍出版社，1996年8月），頁268。

〔註8〕蘇軾：《蘇軾文集》〈與程全父十二首．十〉，卷55，頁1626。

〔註9〕蘇軾：《蘇軾文集》〈與程全父十二首．十一〉，卷55，頁1626。

〔註10〕李貞慧：〈典範、對位、自我書寫：論蘇軾集中的《和陶擬古》九首〉，《清華學報》新第36卷第2期（2006年12月），頁429。

〔註11〕（宋）黎靖德編，王星賢點校：《朱子語類》〈歷代三〉（北京：中華書局，1999年6月），第8冊，卷136，頁3243。

〔註12〕（清）王夫之等著，丁福保編：《清詩話．峴傭說詩》（臺北：明倫出版社，1971年12月），頁977。

〔註13〕（晉）陶潛撰，（宋）李公煥箋註：《箋註陶淵明集》〈歸園田居五首．

自然的個性，順任了道家「夫莫之命而常自然」〔註14〕之理。陶潛蔑視富貴，崇尚自然真純，不屈於政治濁流，以質樸語言，真率地道出田園旖旎的風光，如〈飲酒詩〉、〈歸園田居〉、〈詠貧士〉等詩篇，富有言盡無窮的深遠意境。而陶詩中的〈讀《山海經》〉云：「夸父誕宏志」〔註15〕、「精衛銜微木」、「刑天舞干戚」〔註16〕用神話的素材，歌詠夸父逐日英勇的力量，藉以抒發自己壯志難伸的感慨；讚嘆精衛、刑天奮鬥的精神，形體雖沒，但猛志依舊常在。以神話營造蘊涵他對功名的期許，又寄託己志的文學價值。陶詩的道家思想是投向自然的，在道家薰陶下，打破自我的隔閡，與天地萬物相通融。張起鈞先生《智慧的老子》言之：

> 魏晉以後，道家思想大行，於是詩歌中也就充滿著道家的情調和意境了。這一段發展，便可清清楚楚地說明道家思想對於詩歌的影響。這種影響，應以陶淵明的田園詩為一顯著的開始。陶淵明本人不僅具有道家的思想，並且身體力行，實踐老莊的教訓。因此他的詩，全部都反映著道家的情調。〔註17〕

此一論點正說明陶詩，深受道家老莊虛靜無為、順任自然，樂天知命的影響。這也是蘇軾和陶，在心態、生活哲學上互有共通之處。

和陶詩的創作歷程，孔繁禮《蘇軾年譜》云：「元祐七年，五月，作《和陶飲酒二十首》，是為和陶之始。」〔註18〕又宋傅藻《東坡紀年錄》云：「七月，和淵明《飲酒》詩二十首。」〔註19〕蘇軾和陶詩，

其一〉（臺北：國立中央圖書館，1991年2月），卷2，頁60。

〔註14〕陳鼓應註譯：《老子今註今譯》〈五十一章〉（臺北：臺灣商務印書館股份有限公司，1998年8月），頁241。

〔註15〕（晉）陶潛撰，（宋）李公煥箋註：《箋註陶淵明集》〈讀《山海經》．其九〉（臺北：國立中央圖書館，1991年2月），卷4，頁192。

〔註16〕（晉）陶潛撰，（宋）李公煥箋註：《箋註陶淵明集》〈讀《山海經》．其十〉（臺北：國立中央圖書館，1991年2月），卷4，頁193。

〔註17〕張起鈞：《智慧的老子》（臺北：東大圖書股份有限公司，1992年11月），頁122。

〔註18〕孔凡禮：《蘇軾年譜》（北京：中華書局，2016年3月），卷31，頁1042。

〔註19〕（宋）傅藻編纂，四川大學中文系唐宋文學研究室：《東坡紀年錄》

於嶺南這段時間，飽受黨禍及遷宦貶謫之苦，和陶、學陶就成為流放詩人精神上的依託。盡和陶意，以道家道教的神仙思想，為蘇軾帶來抒發的出口，用曠達簡遠的態度改善生活。

蘇軾在瘴癘的嶺南，躲過政敵迫害，究其因，和其崇道思想相關。如〈被命南遷，途中寄定武同僚〉云：「只知紫綬三公貴，不覺黃梁一夢游。」〔註 20〕當年的位居高權，如今人事瞬變謫臣，這其中之變猶如黃梁一夢，令人感嘆。即使是嶺南春色，面對流放謫旅，又有多少酸楚。幸好崇道、崇仙的心思，成為他在嶺南惠州的依恃。現今嶺上行，遠離塵囂甚上的官場，無事一身輕，吟嘯徐行，乃得諸神仙拊頂，身心清明，浩然昂首，步入神仙之境。

一貫崇道的蘇軾，愈到桑榆晚景，重讀《道藏》愈是虔誠。道書的啟示，暢遊嶺南的羅浮山，此地是葛洪煉丹求仙得道之所，二者情境相仿，天時地利相宜，吸引蘇軾認真學仙求道，適應困阨的環境。蘇軾讀《抱朴子》有感於「上羅浮山鍊丹著書，推明飛升之道，導養之理。」〔註 21〕於是寫了〈和陶讀《山海經》并引〉十三首組詩，其中富含神仙意味，抒發謫臣的內心之情。如：

愧此稚川翁，千載與我俱。〔註 22〕

欲使蟪蛄流，知有龜鶴年。〔註 23〕

寧知效龜息，三歲號窮山。〔註 24〕

玄芝生太元，黃精出長谷。〔註 25〕

黃花冒甘谷，靈根固深長。〔註 26〕

《蘇軾資料彙編．下編》（北京：中華書局，2004 年 1 月），頁 1762。

〔註 20〕蘇軾：《蘇軾詩集》〈被命南遷，途中寄定武同僚〉，卷 47，頁 2555。

〔註 21〕（宋）晁公武撰：《郡齋讀書志（一）》（臺北：臺灣商務印書館，1968 年 3 月），卷 3 上，頁 217。

〔註 22〕蘇軾：《蘇軾詩集》〈和陶讀《山海經》并引．其一〉，卷 39，頁 2130。

〔註 23〕蘇軾：《蘇軾詩集》〈和陶讀《山海經》并引．其二〉，卷 39，頁 2130。

〔註 24〕蘇軾：《蘇軾詩集》〈和陶讀《山海經》并引．其五〉，卷 39，頁 2132。

〔註 25〕蘇軾：《蘇軾詩集》〈和陶讀《山海經》并引．其六〉，卷 39，頁 2132。

〔註 26〕蘇軾：《蘇軾詩集》〈和陶讀《山海經》并引．其八〉，卷 39，頁 2133。

紫文出吳宮，丹雀本無有。〔註27〕

萬法等成壞，金丹差可恃。〔註28〕

蘇軾讓自己生活起居，簡約樸素，學仙人清靜，遠離塵囂俗世，鄙棄榮富。透露以長生不死為軸，學龜息吐納，看似不可能的任務，卻又臻於長生目的。再者，效仿仙人「以藥物養身，以術數延命。」〔註29〕求長生修道就在於心志，恬淡寡欲，祛除外在所有的富貴雜念，佐以仙藥，令人「身安命延」〔註30〕可以變為神仙，如禹所服的靈寶之方，又服飲具神力功效的「甘谷水」〔註31〕，則可延年長壽。

葛洪《抱朴子》中相關神仙的論述，紓解蘇軾在生活上的苦悶與鬱積，能神遊於天地間，羽化登仙，御風而行。學仙求長生，是規避或有所執本入道的想法。從《抱朴子》的求仙養生之道，覺得生活是有標的，即使是瘴癘嶺南，也打不倒世代的經典人物。最後發出「攜手葛與陶，歸哉復歸哉。」〔註32〕就此歸返純真和仙境，甚麼都不必爭，以虛一靜明的態度面對所有。因此，神仙題材引入詩作，增添豐富的想像，形成浪漫主義。宏觀獨特的眼光，靈活的思維，創造出與眾不同的神仙文學。

〔註27〕蘇軾：《蘇軾詩集》〈和陶讀《山海經》并引．其九〉，卷39，頁2134。

〔註28〕蘇軾：《蘇軾詩集》〈和陶讀《山海經》并引．其十一〉，卷39，頁2135。

〔註29〕（晉）葛洪：《抱朴子內篇》〈論仙〉（臺北：臺灣商務印書館股份有限公司，1968年3月），卷2，頁16。

〔註30〕抱朴子曰：「神農四經曰，上藥令人身安命延，昇為天神，遨游上下，使役萬靈，體生毛羽，行廚立至。又曰，五芝及餌丹砂、玉札、曾青、雄黃、雌黃、雲母、太乙禹餘糧，各可單服之，皆令人飛行長生。又曰，中藥養性，下藥除病，能令毒蟲不加，猛獸不犯，惡氣不行，眾妖併辟。」見（晉）葛洪：《抱朴子內篇》〈仙藥〉（臺北：臺灣商務印書館股份有限公司，1968年3月），卷11，頁183。

〔註31〕「南陽酈縣山中有甘谷水，谷水所以甘者，谷上左右皆生甘菊，菊花墮其中，歷世彌久，故水味為變。其臨此谷中居民，皆不穿井，悉食甘谷水，食者無不老壽，高者百四五十歲，下者不失八九十，無夭年人，得此菊力也。」（晉）葛洪：《抱朴子內篇》，卷11，頁204。

〔註32〕蘇軾：《蘇軾詩集》〈和陶讀《山海經》并引．其十三〉，卷39，頁2136。

蘇軾藉以神仙仙術，養生吐納練氣，靜坐散步等舒緩情緒，適以從容自得。用神仙方式，提昇自我免疫力，帶點個人主義，自是遠離禍端，追求自由，樂觀以待。用「無所往而不樂者，蓋遊於物之外也。」〔註33〕超然灑脫的態度，就成為生活的註記。

二、和陶詩中所展現的神仙寓意

蘇軾和陶詩的神仙寓意色彩，有寄託理想，反映現實，以一種覺醒的藝術手法，呈現出潛在意識，以近乎超越邏輯的思考達成訴求目的。〔註34〕和陶詩中濃厚的神仙寓意，發展於社會文化的基礎，從帝王的提倡至平民的喜好，形成一股風潮，〔註35〕因此在文人作品不免俗地善加被運用。

蘇軾和陶詩，始於揚州〈和陶飲酒詩〉及惠州、儋州的和陶詩。揚州和陶與嶺南和陶的格調仍有殊異。前者，時時流露出關心時事，世俗牽掛仍在意；後者，則為心無罣礙，任真自得。和陶詩中有神仙

〔註33〕蘇軾：《蘇軾文集》〈超然臺記〉，卷11，頁352。

〔註34〕神話主要是在原始社會（野蠻時期低級階段以後）生產力和智力水平條件下，原始先民用一種不自覺的藝術方式折光地陳述歷史，反映現實，寄托理想，進行認識和掌握世界的思維活動的特殊產物。……我認為神話思維就是原始思維，是原始人類在以「兩手教導頭腦、隨後聰明一些的頭腦教導兩手，以及聰明一些的兩手再度有力地促進頭腦的發展（恩格斯語），從物我難分的混沌狀態中開始覺醒起來，用神話的眼光探索世界奧秘的那種不合邏輯而又自成邏輯的思維。」參見袁珂：《袁珂神話論集》（四川，四川大學出版社，1996年9月），頁78。

〔註35〕魯迅先生曾經說過：「迨徽宗感于道士林靈素，篤信神仙，自號『道君』，而天下大奉道法。至於南遷，此風未改，高宗退居南內，亦愛神仙幻誕之書，時則有知興國軍歷陽郭象字次象作《睽本志》5卷，翰林學士鄱陽洪邁字景盧作《夷堅志》420卷，似皆學品進以供上覽。」不僅如此，徽宗還多次下詔在全國搜訪道書，並設立書藝局和經局整理校勘《道藏》，至政和中，編成《政和萬壽道藏》，凡5481卷，隨後雕版刊行，成為我國第一部全部刊行的《道藏》。同時，徽宗又命道籙院編寫「道史」和「仙史」，是為我國歷史上規模空前的道教史和道教神仙人物傳記。參見梅新林：《仙話——神人之間的魔幻世界》（上海：新華書局上海發行所，1992年6月），頁99～100。

意涵及其特質，如〈和陶飲酒二十首〉其四詩，云：

> 蠢蠕食葉蟲，仰空慕高飛。一朝傅兩翅，乃得黏網悲。啁啾同巢雀，沮澤疑可依。赴水生兩殼，遭閉何時歸。二蟲竟誰是，一笑百念衰。幸此未化間，有酒君莫違。〔註36〕

此刻的蘇軾，居於「仕」的歷練，雖受烏臺詩案的折磨，心態上仍是積極用世。憶及「只淵明，是前生」〔註37〕認同淵明精神不畏險阻，不被眼前困阨折翼。淵明的灑脫，蘇軾也能做到「偶得酒中趣，空杯亦常持」〔註38〕蘇軾年少的奮世志揚，希望能夠「仰空慕高飛」怎知仕宦成為「蠢蠕食葉蟲」的境況，孤意執著地蠕動。仍希望能化蝶高飛，有了雙翅振飛，卻是黏網的悲哀下場。如此描摹，不正投射己身不安的政治立場遭遇，幾經上下仕、謫。用生物特性，說明自己處境是「遭閉何時歸」。以哂置之地呼出「二蟲竟誰是，一笑百念衰。幸此未化間，有酒君莫違。」眼前的觥籌美酒，使君莫推辭，暢然地酣飲而盡，才是真切的生活。不違和的達觀思想與生活態度，才是蘇軾想要的理想。

木齋《蘇東坡研究》說明此首是詩人人生道路的總結，他提到：

> 他把仕宦生涯比喻為「蠢蠕食葉」的蚕，由於仰慕高飛而化為「蝶」。一旦「蝶」，有了「兩翅」，卻有了「黏網」的悲哀，這正是詩人人生道路的總結，是由於「奮厲有當世志」（「仰空慕高飛」）至仕宦生涯（「一朝傅兩翅」），到追求擺脫仕宦（「乃得黏網悲」）的人生三部曲。詩人苦於找不到人生道路，於是，只能在酒鄉夢境中求取解脫。如同此詩一樣，這一組和陶詩的基調都是沈鬱而哀傷的。在詩人筆下，人生、社會如此的險惡。〔註39〕

人生的三部曲，從奮厲當世志的激揚，到深入仕途的斡旋振翅，終歸

〔註36〕蘇軾：《蘇軾詩集》〈和陶飲酒二十首并敘・其四〉，卷35，頁1884。
〔註37〕蘇軾撰，龍榆生校箋：《東坡樂府箋》〈江城子〉（臺北：華正書局，1983年8月），卷2，頁137。
〔註38〕蘇軾：《蘇軾詩集》〈和陶飲酒二十首并敘・其一〉，卷35，頁1883。
〔註39〕木齋著：《蘇東坡研究》（北京：廣西師範大學出版社出版，1998年8月），頁77。

感於黏網的纏繞，真的讓詩人深感痛苦。何不學淵明掙脫、釋然地看淡眼前的塵網，不落世網之窠臼，自然無事身輕，心情悅然。

又〈和陶飲酒二十首〉其八詩，云：

> 我坐華堂上，不改麋鹿姿。時來蜀岡頭，喜見霜松枝。心知百尺底，已結千歲奇。煌煌凌霄花，纏繞復何為。舉觴酹其根，無事莫相羈。〔註40〕

不想受限群小的構陷，擬用「麋鹿姿」、「霜傲枝」狂蕩的態度來睥睨群小，以神仙吟詠的方式，認為自己猶如「千歲奇」。但政治黑暗、世俗羈絆，蘇軾仍是放不下紛擾，於茲否決現實，希望能回到乾淨純然的理想世界，能夠是「無事莫相羈」、「舉觴酹其根」的灑脫純淨。

蘇軾和陶，始於〈和陶飲酒〉組詩之作，和陶意顯。借神仙之作，表達對現世不滿的思維，發自詩人真正內心的聲音，暗藏批判，揭露醜惡，追尋的率真自我。〈和陶飲酒〉組詩之產生，正與仕宦歷程同步。表面上看似仕途高峰，還有儒家濟世情懷，但隨之政治風雲詭譎，又將詩人捲入不堪的下場。仕途的蹭蹬，際遇忐忑時，當「匡直輔翼之功」〔註41〕無法施展時，旋即嚮往陶潛的高蹈出世，固守志節與歸隱田園，在「兼濟」與「獨善」取得平衡。用另類持空杯的酒「隱」方式，把人生催化到「引壺觴以自娛，期隱身於一醉。」〔註42〕將冷酷現實模糊，做到「眇萬事於一瞬」〔註43〕掙脫苦楚，消解矛盾，用神醉之境化開外物的束縛，坦然面對生命中的苦與樂。故〈和陶飲酒〉組詩系列，為抒發自己的懷抱，與嶺南和陶的自然恬淡，情境不同。揚州〈和陶飲酒〉詩是嶺南和陶的前奏，也是蘇詩藝術風格

〔註40〕蘇軾：《蘇軾詩集》〈和陶飲酒二十首・其八〉，卷35，頁1885～1886。

〔註41〕（元）脫脫等修撰，楊家駱主編：《新校本宋史并附編三種》〈列傳第二百五・忠義一〉（臺北：鼎文書局，1983年11月），卷446，頁13149。

〔註42〕蘇軾：《蘇軾文集》〈酒隱賦并敘〉，卷1，頁20。

〔註43〕蘇軾：《蘇軾文集》，卷1，頁20。

的轉折之處。〔註44〕

惠州和陶詩系列，具有神仙寓意的內容，如〈和陶讀《山海經》〉組詩，云：

> 稚川雖獨善，愛物均孔顏。欲使蟪蛄流，知有龜鶴年。辛勤破封蟄，苦語劇移山。博哉無窮利，千載食此言。〔註45〕
>
> 亂離棄弱女，破冢割恩憐。寧知效龜息，三歲號窮山。長生定可學，當信仲弓言。支牀竟不死，抱一無窮年。〔註46〕
>
> 二山在咫尺，靈藥非草木。玄芝生太元，黃精出長谷。仙都浩如海，豈不供一浴。何當從山火，束縕分寸燭。〔註47〕
>
> 蜀士李八百，穴居吳山陰。默坐但形語，從者紛如林。其後有李寬，雞鶩非同音。口耳固多偽，識真要在心。〔註48〕
>
> 金丹不可成，安期渺雲海。誰謂黃門妻，至道乃近在。尸解竟不傳，化去空餘悔。丹成亦安用，御氣本無待。〔註49〕
>
> 古強本庸妄，蔡誕亦夸士。曼都斥仙人，謫帝輕舉止。學道未有得，自欺誰不爾。稚川亦隘人，疏錄此庸子。〔註50〕
>
> 東坡信畸人，涉世真散材。仇池有歸路，羅浮豈徒來。踐蛇及茹蠱，心空了無猜。攜手葛與陶，歸哉復歸哉。〔註51〕

〈和陶讀《山海經》〉交會融貫讀《抱朴子》及陶淵明〈讀《山海經》〉的背景。從蘇軾的敘引中即已明言：「淵明讀《山海經》十三首，其七皆仙語，余讀《抱朴子》有所感，用其韻賦之。」〔註52〕以「畫我與

〔註44〕參見王士君：〈淺論《和陶飲酒》在蘇詩中的獨特地位〉，《荷澤師專學報》第24卷第3期（2002年8月），頁7。

〔註45〕蘇軾：〈和陶讀《山海經》并引・其二〉，卷39，頁2130。

〔註46〕蘇軾：〈和陶讀《山海經》并引・其五〉，卷39，頁2132。

〔註47〕蘇軾：〈和陶讀《山海經》并引・其六〉，卷39，頁2132。

〔註48〕蘇軾：《蘇軾詩集》〈和陶讀《山海經》并引・其七〉，卷39，頁2133。

〔註49〕蘇軾：《蘇軾詩集》〈和陶讀《山海經》并引・其十〉，卷39，頁2135。

〔註50〕蘇軾：《蘇軾詩集》〈和陶讀《山海經》并引・其十二〉，卷39，頁2135～2136。

〔註51〕蘇軾：〈和陶讀《山海經》并引・其十三〉，卷39，頁2136。

〔註52〕蘇軾：《蘇軾詩集》〈和陶讀《山海經》并引〉，卷39，頁2129。

淵明，可作三士圖。」〔註 53〕蘇軾、葛洪、陶淵明三人間的對話平台，到「攜手葛與陶，歸哉復歸哉。」〔註 54〕開展出對神仙的鋪敘。陶淵明〈讀《山海經》〉組詩所關懷的有：隱居耕讀、神仙瑤臺、仙山寶物、神話傳奇、長生不老、用借物起興說明暴君孽臣的下場、以史事寄託暗喻帝王須慎選人才等，從週遭人事物的議題，深度思考。

蘇軾〈和陶讀《山海經》〉肯定陶、葛二人對生活態度，秉持質樸逸趣的格調，能超越殘酷的現實，提升對生命的使命感。從神仙的角度，觀微到「稚川雖獨善，愛物均孔顏。」〔註 55〕葛洪乃有仙人的雅致，俗人怎會體悟？陶淵明高酣風骨，真的是如此嗎？蘇軾認為他能超越生死，提升高度。爭的是「頃刻光」的人生場域，競技的是「養鍊歲月長」〔註 56〕和時間拉鋸，重視養生。對道體的追尋，屏除外在形體轉為心靈境界，始終深植長生的神仙思維，如：「仙都浩如海，豈不供一浴。」〔註 57〕「支牀竟不死，抱一無窮年。」〔註 58〕要以行動力來踐履，才是通往仙鄉之途。蘇、陶二者，在「心」念上的啟動，蘇軾是超越淵明，因為「識真要在心」〔註 59〕才是實務之方。

陶詩的「夸父誕宏志，乃與日競走。」〔註 60〕和「精衛銜微木，將以填滄海。刑天舞干戚，猛志故常在。」〔註 61〕以夸父、精衛、刑

〔註 53〕蘇軾：〈和陶讀《山海經》并引・其一〉，卷 39，頁 2130。
〔註 54〕蘇軾：〈和陶讀《山海經》并引・其十三〉，卷 39，頁 2136。
〔註 55〕蘇軾：〈和陶讀《山海經》并引・其二〉，卷 39，頁 2130。
〔註 56〕蘇軾：〈和陶讀《山海經》并引・其四〉，卷 39，頁 2131。
〔註 57〕蘇軾：〈和陶讀《山海經》并引・其六〉，卷 39，頁 2132。
〔註 58〕蘇軾：〈和陶讀《山海經》并引・其五〉，卷 39，頁 2132。
〔註 59〕蘇軾：〈和陶讀《山海經》并引・其七〉，卷 39，頁 2133。
〔註 60〕（晉）陶潛撰，（梁）蕭統序，（宋）李公煥箋註：《箋註陶淵明集十卷》〈讀《山海經》・其九〉（臺北：國立中央圖書館，1991 年 2 月），卷 4，頁 192。另《海外北經》：「夸父與日逐，走入日。渴，欲得飲。飲於河、渭，河、渭不足。北至大澤，未至，道渴而死。棄其杖，化為鄧林。」見丁山：《古代神話與民族》（江蘇：江蘇文藝出版社，2011 年 1 月），頁 172。
〔註 61〕（晉）陶潛撰，（宋）李公煥箋註，《箋註陶淵明集》〈讀《山海經》・其十〉：（臺北：國立中央圖書館，1991 年 2 月），卷 4，頁 193。

天的神話故事，驚天動地之舉，造福人類。對列蘇軾和陶詩中「辛勤破封蟄，苦語劇移山。」〔註62〕同樣具有神話色彩的北山愚公移山故事，將神話或神仙中的傳奇事蹟，寫得炯然神韻。蘇軾欲追隨太史公，以鄙俗儒為提，肯定人的價值，不在乎生命的長度而是寬度〔註63〕。

蘇軾對於成仙之道，在於金丹養生、尸解羽化、乘風御氣之法。認為人生無常，求道近道，就必須持「無待」之精髓。在蘇軾看來「萬法等成壞，金丹差可恃。」〔註64〕金丹含於萬法中，其煉成與否和生死間的關係，仍舊是無法突破，釋道間的錯綜交集，則待聰慧者叩其門破解。蘇軾運用神仙吟詠的素材靈感，把他在惠州的窘迫，以「心閑詩自放，筆老語翻疎。」〔註65〕精熟的文字技巧，對生存空間的轉圜，掙脫自我豬限，從文學藝術的角度觀之，確有其過人的智慧。

〈和陶桃花源并引〉詩云：

> 凡聖無異居，清濁共此世。心閑偶自見，念起忽已逝。欲知真一處，要使六用廢。桃源信不遠，杖藜可小憩。躬耕任地力，絕學抱天藝。臂雞有時鳴，尻駕無可稅。苓龜亦晨吸，杞狗或夜吠。耘樵得甘芳，齕齧謝炮製。子驥雖形隔，淵明已心詣。高山不難越，淺水何足厲。不如我仇池，高舉復幾歲。從來一生死，近又等癡慧。蒲澗安期境，羅浮稚川界。夢往從之遊，神交發吾蔽。桃花滿庭下，流水在戶外。却笑逃秦人，有畏非真契。〔註66〕

〔註62〕蘇軾：〈和陶讀《山海經》并引．其二〉，卷39，頁2130。

〔註63〕太史公關於人生的見解有兩點最精采：一者從價值入手將人之死分成兩種：或重於泰山，或輕於鴻毛。而這些與是否長生無關。二者將自己的著述同宇宙、人生關係起來，所謂「窮天人之際，通古今之變，成一家之言。」推測一下蘇軾在此想要得出的結論是一個人的價值不在於生命的長短，而在於境界、在於情懷、在於與天地萬物的渾融。參見張兆勇：《蘇軾和陶詩與北宋文人詞》（北京：北京師範大學出版集團，安徽大學出版社，2010年11月），頁42～43。

〔註64〕蘇軾：〈和陶讀《山海經》并引．其十一〉，卷39，頁2135。

〔註65〕蘇軾：《蘇軾詩集》〈廣倅蕭大夫借前韻見贈，復和答之，二首．其二〉，卷44，頁2394。

〔註66〕蘇軾：《蘇軾詩集》〈和陶桃花源并引〉，卷40，頁2196～2198。

陶淵明〈桃花源詩〉云:「借問游方士,焉測塵囂外?願言躡輕風,高舉尋吾契。」〔註67〕一般塵世俗人,哪知世外桃源的美景?我願御風遠離塵囂,高飛尋訪知已。他用神話作為建構的核心,抒發表達對純樸社會的嚮往與憧憬。

陶淵明以虛構人物在無意間發現桃花源,眼前看到的是恬淡靜謐,井然有序和諧無爭的社會制度,這不就是他所冀求的理想嗎?又以隱士劉子驥,終訪不得的結局,暗示虛實之間,交錯的迷思。蘇軾〈和陶桃花源〉不也暗藏對桃花源中理想世界的企求與寄託嗎?此首和詩是刻意鋪排的〔註68〕,在〈和陶桃花源〉序引中提出夢至仇池的意象,他不止一次提到夢仇池仙境。透過仙境與現實間的阻絕,是超越或茫然困惑,確待釐清。夢中仙境的神往,對始終受到壓迫的蘇軾而言,尋仙訪遊是提振精神與解脫的方式,唯有逍遙於仙境,才能阻隔現實中的迷茫。蘇軾反思的結果,不論時代清濁與否,只要心閑自現,杖藜躬耕了無罣礙,自然超越當下,終究達於「桃花滿庭下,流水在戶外。」輕鬆自在,最後道出「卻笑逃秦人,有畏非真契。」當笑逃秦人敗於畏時,蘇詩中的仙境,即以化開淵明的迷茫。虛構故事中的神仙,能寄託扭轉而有所改變,期待將幻想中的浪漫轉化為現實的事物,走向更理想的文明之境。〔註69〕

〔註67〕(晉)陶潛撰,(宋)李公煥箋註,《箋註陶淵明集》〈桃花源詩〉:(臺北:國立中央圖書館,1991年2月),卷5,頁207～208。

〔註68〕第一、點出了陶淵明道家立場的恍惚。第二、蘇軾在最後肯定了陶以桃源社會與現實的反差等細膩描述來呈示內心深處的迷茫及尋求解脫方式的迷茫。第三、蘇軾進一步肯定了陶淵明對劉子驥的嘲弄,這實際上也進一步肯定陶淵明對自己思想困惑暴露的心迹。……在蘇軾看來,晉宋之際有兩種人在承應玄學價值觀及思維方式:一種如陶淵明,他們知道天人關係的背塞,但因天人阻隔的不能打通而表現出恍惚與感傷。另一種如劉子驥,他們不明白玄學對於天人關係把握的困惑,不明白用玄學把握現實出現了障礙,仍以一種較拙劣的方式應對諸如此類的困惑。張兆勇:《蘇軾和陶詩與北宋文人詞》,頁59～60。

〔註69〕高爾基《蘇聯的文學》:「神話是一種虛構。虛構就是從既定的現實的

〈和陶歲暮作和張常侍〉詩云：

> 我生有天祿，玄膺流玉泉。何事陶彭澤，乏酒每形言。仙人與道士，自養豈在繁。但使荊棘除，不憂梨棗愆。我年六十一，頹景薄西山。歲暮似有得，稍覺散亡還。有如千丈松，常苦弱蔓纏。養我歲寒枝，會有解脫年。米盡初不知，但怪飢鼠遷。二子真我客，不醉亦陶然。〔註70〕

書寫對時光猶如白駒過隙，以及友人過訪的相贈之作。蘇軾此首與陶淵明相較下，多一分超越，超越陶詩化遷之慮，因為有了「仙人與道士，自養豈在繁。」神仙道士的加持涵養，開展出「養我歲寒枝，會有解脫年。」的自信與樂觀。

〈和答龐參軍六首〉其一詩，云：

> 我見異人，且得異書。挾書從人，何適不娛。羅浮之趾，卜我新居。子非玄德，三顧我廬。〔註71〕

趙翼《甌北詩話》云：「東坡則行墨間多單行，而不屑於對屬。」〔註72〕足見蘇軾的筆墨靈動，放筆快意，一瀉千里，善剪裁工巧，不落斧鑿窠臼。組詩就是完整地敘述單一事件，因友人周彥質的拜訪，作詩贈送。自貶至惠州，來到葛洪求仙求道的羅浮山下，友人盛情的造訪，因有感激之意，所以說出：「感子至意，託辭西風。吾生一塵，寓形空中。」〔註73〕友人至誠之意暫託訴與秋風，感傷地說出於塵世翻騰，寄寓形體於世間。和陶淵明「情通萬里外，形跡滯江山；君其

總體中抽出它的意義而且用神話體現出來，——這樣我們就有了現實主義。但是，如果從既定的現實中所抽出的意義上面再加上——依據假想的邏輯加以推想——所願望的，可能的東西，這樣來補充形象，——那麼我們就有了浪漫主義，這樣的浪漫主義是神話的基礎，而且它是極其有益的，因為它幫助激起對現實革命的態度，即實際地改變世界的態度。」見袁珂：《中國神話傳說》（北京：人民文學出版社，1998年10月），頁33。

〔註70〕蘇軾：《蘇軾詩集》〈和陶歲暮作和張常侍并引〉，卷40，頁2217。

〔註71〕蘇軾：《蘇軾詩集》〈和陶答龐參軍六首并引〉，卷40，頁2223。

〔註72〕（清）趙翼：《甌北詩話》（臺北：廣文書局，1991年3月），卷5，頁7。

〔註73〕蘇軾：〈和陶答龐參軍六首并引．其六〉，卷40，頁2225。

愛體素，來會在何年。」〔註 74〕訴盡與友朋的情誼，是不受限於時空，反而更盼下回再聚首。此首和陶詩突破並創新意，投射現實境遇以及對人生不平之鳴的感受。

儋州和陶詩系列，具有神仙寓意的內容，如〈和陶連雨獨飲二首〉其二詩，云：

> 阿堵不解醉，誰歟此頹然。誤入無功鄉，掉臂嵇阮間。飲中八仙人，與我俱得仙。淵明豈知道，醉語忽談天。偶見此物真，遂超天地先。醉醒可還酒，此覺無所還。清風洗徂暑，連雨催豐年。牀頭伯雅君，此子可與言。〔註 75〕

來到海南，經濟拮据，只能進賣酒器以供衣食，獨留一荷葉杯飲酒以自娛。阿堵是不解醉的，酒不醉人而人自醉。誤入仕途卻無施展，就像是阮籍徒有濟世志，因天下多故，卻酣飲為常；嵇康為中散大夫時，彈琴詠詩以自足。此刻心情誠如杯中物，八仙人俱與我而得仙。以酒隱方式面對橫逆，連淵明都不知道此法好處，真醉可催眠轉化暗黑的現實。此處呼應陶詩的「世間有松喬，於今定何間？故老贈余酒，乃言飲得仙；試酌百情遠，重觴忽忘天。天豈去此哉！任真無所先。」〔註 76〕傳說中赤松子、王喬仙人，如今安在？重觴連飲，即進入物我皆忘的境界，符合道家法自然任真的哲理。只有眼前的清風連雨，消暑又豐年收成。轉換情緒，學學陶詩「形骸久已化，心在復何言。」〔註 77〕外形隨時都在變，內心卻能寧靜不變，自然可與萬化冥合惟一。

〈和陶雜詩十一首〉其六詩，云：

> 博大古真人，老聃、關尹喜。獨立萬物表，長生乃餘事。稚

〔註 74〕（晉）陶潛撰，（宋）李公煥箋註，《箋註陶淵明集十卷》〈答龐參軍〉：（臺北：國立中央圖書館，1991 年 2 月），卷 2，頁 76。

〔註 75〕蘇軾：《蘇軾詩集》〈和陶連雨獨飲二首并引．其二〉，卷 41，頁 2252。

〔註 76〕（晉）陶潛撰，（宋）李公煥箋註：《箋註陶淵明集》〈連雨獨飲〉（臺北：國立中央圖書館，1991 年 2 月），卷 2，頁 77～78。

〔註 77〕（晉）陶潛撰，（宋）李公煥箋註：《箋註陶淵明集》，卷 2，頁 77～78。

川差可近，倘有接物意。我頃登羅浮，物色恐相值。徘徊朱明洞，沙水自清駛。滿把菖蒲根，歎息復棄置。〔註78〕

根據道書記載，老子是三清中的道德天尊降世。〔註79〕老子降臨時，母親感應大流星雨而有娠，懷孕七十二年，剖左腋而生子。一出生即能言語。其降生，就充滿著神仙的傳說。而關令尹喜會占風望氣，知有神人將至，特候道迎之。故蘇軾特以二人的神奇傳說為開端，即已賦予神仙的色彩，續以葛洪在羅浮求道學仙、煉氣成道的歷程為典範，說明自己也可以「我頃登羅浮，物色恐相值。徘徊朱明洞，沙水自清駛。」登羅浮山的朱明洞，在沙水清的福地中修煉以成仙的機會，為的就是擺脫政治迫害，來到神仙仙洞，就將世俗的感歎聲息予以棄除，用老子道教的神仙說，能夠一祖氣化生的道之元始論〔註80〕，開展此首和陶的用意。

〈和陶神釋〉詩云：

二子本無我，其初因物著。豈惟老變衰，念念不如故。知君

〔註78〕蘇軾：《蘇軾詩集》〈和陶雜詩十一首・其六〉，卷41，頁2275。

〔註79〕老子出關將去崑崙，關令尹喜占風望氣，預知神人要經過，清掃道路四十里，恭候老子。老子知道尹喜可傳大道，遂暫停關中。尹喜執弟子禮，老子遂將長生之術授與尹喜。尹喜又請老子教導，老子對他講了五千言。尹喜記錄下來就是《道德經》。據《老子變化經》等記載，老子有九名，從遠古以來世代變化，降生人間，傳經弘道。唐代先後尊封老子為「太上玄元皇帝」、「大聖祖玄元皇帝」、「大聖祖大道玄元皇帝」、「大聖高上大道金闕玄元皇帝」，宋代加封號為「太上老君混元上德皇帝」。見范恩君：《道教神仙》（北京：宗教文化出版社，2007年12月），頁144～145。

〔註80〕從道教的角度，一氣化三氣，同時又是化生三天。《雲笈七籤》卷3《道教三洞宗元》言：「原夫道家由肇起自無先，垂迹應感，生乎妙一，從乎妙一，分為三元，又從三元變成三氣，又從三氣變生三才，三才既滋，萬物斯備。」三元，即第一混洞太無元，第二赤混太無元，第三冥寂玄通元。從混洞太無元化生了天寶君，即元始天尊；從赤混太無元化生了靈寶君，即靈寶天尊；從冥寂玄通元化生了神寶君，即道德天尊（太上老君）。……三清之說肇始于老子的「道生一，一生二，二生三，三生萬物」理論，「道」是元始祖氣，道生一、生二、生三，三生萬物，到三而止，成為三清、三天尊。范恩君：《道教神仙》，頁144～145。

> 非金石，安得長託附。莫從老君言，亦莫用佛語。仙山與佛國，終恐無是處。甚欲隨陶翁，移家酒中住。醉醒要有盡，未易逃諸數。平生逐兒戲，處處餘作具。所至人聚觀，指目生毀譽。如今一弄火，好惡都焚去。既無負載勞，又無寇攘懼。仲尼晚乃覺，天下何思慮。〔註81〕

釋惠洪《冷齋夜話》曰：「淵明詩初看若散緩，熟視有奇句。」〔註82〕陶詩之精妙，就在平淡舒緩中有真味奇句，能寓得其妙而造語精要。蘇軾得其遺意，和陶亦仿這樣的筆觸，用有限外在的語言或意象表現出無限的內在意蘊。以無我之境，於靜中細細體會，在以物觀物的情境下，自然初始因物著。養生之鑰，使形神相親，表裡兼濟，自然可以養身心以保神，安心定慮，淡泊無礙而體神氣和。

蘇軾認為人生如寄，壽命無金石堅固，所以不用老君言或佛語，慨歎出「仙山與佛國，終恐無是處。」《楞嚴經》言：「無有是處」〔註83〕在人生最低潮，任憑神仙也救不了。學學淵明精神，酒隱契機，暫居酒鄉中神似酒仙，模糊冷酷現況。將心情轉換為質樸自然，可以不必罣礙俗世的毀譽，就一把火，好壞盡燃。無須承載得失，也無須畏懼。最後引《周易繫辭》云：「子曰：『天下何思何慮？天下同歸而殊途，一致而百慮，天下何思何慮？』」〔註84〕以陶詩「縱浪大化中，不喜亦不懼，應盡便須盡，無復獨多慮。」〔註85〕了悟宇宙自然的生死變化，無心任化，與化為體，一切順乎自然，萬化各有物主，莫強求、

〔註81〕蘇軾：《蘇軾詩集》〈和陶神釋〉，卷42，頁2307。

〔註82〕（宋）釋惠洪撰：《冷齋夜話》〈東坡得陶淵明之遺意〉（臺北：藝文印書館，1965年，《百部叢書集成》影印《學津討原》本），卷1，頁5。

〔註83〕〔查注〕引《楞嚴經》。見蘇軾著，（清）馮應榴輯注，黃任軻、朱懷春校點：《蘇軾詩集合注》〈和陶神釋〉（上海：上海古籍出版社，2016年3月），卷40，頁2056。

〔註84〕蘇軾著，（清）馮應榴輯注，黃任軻、朱懷春校點：《蘇軾詩集合注》，卷40，頁2056。

〔註85〕（晉）陶潛撰，（宋）李公煥箋註：《箋註陶淵明集》〈神釋〉（臺北：國立中央圖書館，1991年2月），卷2，頁58。

莫屈就，做最真實自然的自我。

〈和陶神釋〉寄寓了蘇軾在困境中的人生哲理思想，自謂在變與不變中的權衡，卻又存在一種虛幻的夢境「醉醒皆夢耳，未用議優劣。」〔註 86〕如果能寄託在神仙的神游幻境中，能夠羽化登仙，即便已知「無心但因物，萬變豈有竭。」〔註 87〕順著自然規律的節奏，坦然釋懷。

〈和陶始經曲阿〉詩云：

> 虞人非其招，欲往畏簡書。穆生責醴酒，先見我不如。江左古弱國，強臣擅天衢。淵明墮詩酒，遂與功名疏。我生值良時，朱金義當紆。天命適如此，幸收廢棄餘。獨有愧此翁，大名難久居。不思犧牛龜，兼取熊掌魚。北郊有大賚，南冠解囚拘。眷言羅浮下，白鶴返故廬。〔註 88〕

陶淵明始作參軍，使有「目倦川塗異，心念山澤居。望雲慚高鳥，臨水愧游魚。」〔註 89〕終返故廬之志。陶身處亂世，尚寄望在桃源理想之境；而蘇軾因泳於仕途，明白江左弱國，強臣擅天，局勢不同，懂得安時處順的道家思想，重道法自然之理。雖然蘇軾比陶潛來得幸運，尚且能進入朝闕核心，侍奉君主的機會，只因黨爭因子，迫使他不得不嘆道「世路皆羊腸」〔註 90〕。離開初始之志，從汴京一路貶至流放嶺南，憂慮無窮。故須借和陶真義，離開貪權者的欺迫，以淵明精神重振低落情緒；以道家的自然平淡，面對橫逆。孔繁禮《蘇軾年譜》曰：「庚辰（十三日），赦天下。賦和陶《始經曲阿》，抒聞赦後心情。」〔註 91〕即使北方有郊祀恩赦大典，對身處嶺南流放之臣而言，能夠

〔註 86〕蘇軾：《蘇軾詩集》〈和陶影答形〉，卷 42，頁 2307。
〔註 87〕蘇軾：《蘇軾詩集》，卷 42，頁 2307。
〔註 88〕蘇軾：《蘇軾詩集》〈和陶始經曲阿〉，卷 43，頁 2355。
〔註 89〕（晉）陶潛撰，（宋）李公煥箋註：《箋註陶淵明集》〈始作鎮軍參軍經曲阿〉（臺北：國立中央圖書館，1991 年 2 月），卷 3，頁 98。
〔註 90〕蘇軾：《蘇軾詩集》〈和陶雜詩十一首・其三〉，卷 41，頁 2274。
〔註 91〕孔繁禮撰，《蘇軾年譜》（北京：中華書局，2016 年 3 月），卷 39，頁 1320。

是「眷言羅浮下，白鶴返故廬。」就是希望。能如葛洪仙人在羅浮山下煉丹成仙，透過精熟內丹術，進入真正的仇池仙境，滌慮俗念，使身心靈皆淨明。

〈和陶郭主簿二首〉其二詩，云：

> 雀鷇含淳音，竹萌抱靜節。誦我先君詩，肝肺為澄澈。猶為嗚鶴和，未作獲麟絕。願因騎鯨李，追此御風列。丈夫貴出世，功名豈人傑。家書三萬卷，獨取《服食訣》。地行即空飛，何必挾日月。〔註92〕

此首和陶詩乃是感念少時，追懷先君宮師遺意，信筆隨意書寫。清明時節，聽聞子過誦書，聲調和美，猶如幼鳥破殼而出，音淳乾淨；又像是竹子剛萌生嫩芽般地潔淨。朗誦先君詩，是如此用功使勁，連肺肝都為之澈朗。誦讀之音，響澈如鶴鳴，未絕於獲麟之境。接著，用神仙的意境鋪敘，願意像杜甫戀舊懷念好友，寫出「願因騎鯨李，追此御風列。」像李白仙人般騎鯨東將入海，御風飛行成仙成道。陶淵明追求的平淡，正符合蘇軾在嶺南的心境與晚景的處境。晚年崇奉道教，精通煉丹之術，謂似神仙者，身生羽翼、登遐飛昇，莫不服食丹藥以致之。故需掌握住服食要訣，行走在地，身形輕舉如仙人空飛在天，呼吸間心當存之，便是心存日月，坐立任所。崇道、學道始終影響著蘇軾，而淵明精神與陶詩風采正滋潤的蘇軾枯竭的心靈，重燃隱居林泉，欲幻遊到洞天福地的神仙幻境，一解內心的憤懣。

蘇軾通過「向陶困惑的接近而再度感懷、體悟，借陶淵明的所遇、所思、所想對自己進行梳理。」〔註93〕的一種追和與實踐，用「以彼無盡燈，寫我有限年。」〔註94〕借古喻今地說明現實的污濁，惟有追求心靈的靜與淨，讚頌大自然的純真，讓身心靈達到愜意舒適的理想值。蘇軾欽羨別有洞天的桃花源，葛洪的神仙世界，以神仙吟詠

〔註92〕蘇軾：《蘇軾詩集》〈和陶郭主簿二首并引．其二〉，卷43，頁2351～2352。
〔註93〕張兆勇：《蘇軾和陶詩與北宋文人詞》，頁34。
〔註94〕（清）趙翼：《甌北詩話》，卷5，頁5。

的架構，框住彌補現實的遺憾縫隙。沒有擾人的政爭迫害，有的是「坐倚朱藤杖，行歌《紫芝曲》。不逢商山翁，見此野老足，願同荔支社，長作雞黍局。」〔註95〕簡單的晨興夕寐生活，對民瘼多一份關懷，與民同樂，互通往來，又可逍遙漫步於林間小徑，做到「我適物自閑」〔註96〕的瀟灑自在，復歸於平淡的雋永，真正進入淵明世界裡的無我之境。

三、和陶詩的文學價值

或說蘇軾和陶擬陶詩作，並不是真正走陶淵明的路線〔註97〕。他確實還有經世濟民的儒家情懷，無奈迫於政爭，即便再有崇高的濟民想法，現況中依舊是被打壓，於是他轉向傾慕陶淵明式的恬淡樂活，不與世爭，才能全身而退。其實，蘇軾始終思考人生進退的出處。從最初揚州和陶詩的發端濫觴，直至嶺南惠州詩、海南儋州詩的盡和之意，以一零九首的和陶詩，追和模擬或借陶自託，頗得陶詩之神韻哲思。〔註98〕就生命的深度而言，這是感悟興懷的寓意延伸。蘇軾欽羨淵明的人品高潔，學淵明的醇厚真誠，以質樸語言文字，傳達一份淡然恬適的步調，即使是倦鳥歸禽或日夕佳景，也是關懷與尊重，觸及所見的一切是發自內心真正的性情。

黃偉倫〈論蘇軾〈和陶詩〉中的「本色」意義〉一文，提到和陶詩的「本色」意義，是：

〔註95〕蘇軾：《蘇軾詩集》〈和陶歸園田居六首并引・其五〉，卷39，頁2106。

〔註96〕蘇軾：《蘇軾詩集》，卷39，頁2104。

〔註97〕蘇軾有他一貫的執著的積極入世的態度（晚年的「入世」是指參與和適應現實生活，並不是指從仕），而使他「少壯欲及物，老閑余此心」，即決心以他晚年的餘熱，去為平民百姓盡量做些好事。這樣的態度，便使他不可能像陶淵明那樣，以決絕的態度真正去歸隱田間，而是始終處於一種欲隱而實未隱，欲歸田而終生未曾歸田的狀態之中。參見朱靖華：《蘇軾傳》（北京：京華出版社，1997年12月），頁164。

〔註98〕李慕如：〈東坡詩文中道家道教思想之玄蘊〉，《中國學術年刊》第18期（1997年3月），頁10。

> 東坡雖因愛陶、慕陶而和陶，就其「和」的一端看，固然有求其相似的意義與要求，可是就「詩」的一端看，作者情性與精神的滲透卻是詩之所以為詩的本質條件，它儘管可以有著輕重的不同，但絕不能被完全取消。〔註99〕

這是作家與作品的關聯性，攸關詩人生存環境、際遇歷練、思想與生活態度。蘇軾自己也說：「古之詩人，有擬古之作矣，未有追和古人者也。」〔註100〕不盲從地追和，而是欣賞淵明人格上的任真自得，從詩作中汲取精髓，轉化成自己的作品。吳文溥《南野堂筆記》云：「東坡、山谷之波瀾峻峭，各攄性情，自著本色，未嘗有所襲也。」〔註101〕故蘇軾和陶境界及旨趣，還是因時代環境而殊異，但在精神上是契合的。寓居嶺南，和陶乃是為了避災解厄的一種寄託方式，爭取自由的另類手法。

蘇、陶二人際遇不同、氣質亦異。然蘇軾和陶之作，率真自然、簡古質樸之處相類；蘇軾學陶之意境，也超越了陶公。和陶師法，呈現的是風格意境和現實生活，來自於得道、悟道後的一種自我安適法則，真實情感的肺腑之言。因為欣賞、仰慕，所以和陶、學陶。蘇軾體現了陶氏的哲學觀和人生觀，當下的及時行樂與立善揚名間的平衡點。世間芸芸眾生，不受限於形與影的束縛，而是要脫韁於這樣的形影綑綁，追求一種精神自由，不被名利、生死所拘束。

然蘇軾晚年嶺南的和陶詩，才是深得陶詩神蘊。學陶、和陶已成為嶺南生活重心，將內心的憂悶，生活苦楚，藉著強烈學仙求道的意念，從神仙吟詠的作品中尋求依託慰藉。熱中煉內丹，移除現實視角轉向自身的梨棗丹田，忘卻悲情，遊騁在神仙的美與淨。惠州和陶詩具有神仙意涵，乃與淵明不分彼此。此刻窮盡的他，心思神情已然將

〔註99〕黃偉倫：〈論蘇軾〈和陶詩〉中的「本色」意義〉，《高雄師大學報》第21期（2006年7月），頁47。

〔註100〕蘇軾：《蘇東坡全集．續集》〈追和陶淵明詩引子由作〉，卷3，頁72。

〔註101〕曾棗莊、曾濤編：《蘇詩彙評．附錄一》（臺北：文史哲出版社，1998年5月），頁2188。

淵明視作一體。而後續的儋州和陶詩，追求神仙之境、神仙之思，其背後莫不意味其晚年處況，心境的投射。唯有淵明精神，帶來是依託與寄寓，爭取是心靈的真自由。

劉克莊《後村詩話》云：

> 陶公如天地閒之有醴泉慶雲，是惟無出，出則為祥瑞。且饒坡公一人和陶可也。〔註 102〕

言淵明的不忮不求，堪稱明達，惟蘇軾一人可和之。

又黃庭堅〈跋子瞻和陶詩〉亦云：

> 子瞻謫嶺南，時宰欲殺之。飽喫惠州飯，細和淵明詩。彭澤千載人，東坡百世士。出處雖不同，風味乃相似。〔註 103〕

同是天涯淪落人，處境不同，但心境相仿。蘇軾對陶潛其人，其詩的欣賞與仰慕，兩人是相通的，借道家虛靜明的思想、道教神仙煉丹的要訣，其人生態度與審美觀都是雷同近似的。兩人都崇拜莊了，深其影響；都嚮往山林的自由，鄙棄黑暗政治，追求的是任真自得，恬淡純樸的生活。然蘇軾在老境中，散發出生命的光與熱，詮釋新的面貌，將和陶精神融入自己的詩風中，成就斐然的詩藝，也成為當代獨領風騷的砥柱。〔註 104〕

蘇軾之學陶、和陶，就是欣賞陶淵明「曠而且真」〔註 105〕的特質。詩風雖是樸拙簡淡，內容精神實為豐腴富哲理意趣。陶詩反映的是不畏權貴、安貧樂道、躬耕自樂的情操，他的志節最為蘇軾欣賞讚佩。蘇軾在政途受到最嚴厲的試煉，將陶淵明視為心靈導師，「和陶」成了他生命晚景最重要的文學成就。而蘇軾和陶詩的文學意義與價

〔註 102〕（宋）劉克莊撰：《後村詩話》（臺北：廣文書局，1971 年 9 月），卷 1，頁 3。

〔註 103〕（宋）黃庭堅撰：《豫章黃先生文集》《四部叢刊初編集部》（上海：上海商務印書館縮印嘉興沈氏藏宋本），卷 7，頁 61。

〔註 104〕參見鍾美玲：〈蘇軾禪詩山水意象的表現〉，《中國文化月刊》第 246 期（2000 年 9 月），頁 44～62。

〔註 105〕（宋）魏慶之：《詩人玉屑》（臺北：臺灣商務印書館，1972 年 9 月），頁 316。

值，於詩作中體悟到其人的個性率真、其詩的質樸簡淡，開啟了與陶淵明的對話平台，兩相對照的情境下，有所感悟及超越。

和陶詩中有諸多的神仙仙境的描述，蘇軾運用神仙的素材入詩，看似灑脫淡然、隱遁避世，實則對現世的一種抗拒。他巧妙利用「異次元世界」〔註106〕的生命空間轉換法，如〈和陶讀《山海經》〉一系列的時空穿越，將神仙界與夢境交錯運用，譬諸：「安知青藜火，丈人非中黃。」〔註107〕「玄芝生太元，黃精出長谷。」〔註108〕「曼都斥仙人，謁帝輕舉止。」〔註109〕又「仇池有歸路，羅浮豈徒來。」〔註110〕在自注文中，以夢境覺醒帶出時間運行上的差異。這些神仙意境透過仙人導引、內外丹修煉及服食而踏入仙鄉以致肉體不敗不死，這也是凡人直所企慕景仰的。

和陶詩的神仙吟詠的文學屬性，建構於形式為詩，內容是神仙意境的關係。在和陶的情境中，賦予人生哲理的一種反思與自覺。當自然規律仍客觀存在時，多一層夢幻虛境介入，藉由夢境的引入運用，反映貶謫嶺南、海南地域的情思。晚期蘇軾和陶詩的文學成就，唐玲玲、周偉民《蘇軾思想研究》一文言：

> 蘇軾在和陶詩中，力求從詩的意境和自然美的表現上，逼近陶詩的沖淡自然風味，因此，詩中表達思想的真率與陶

〔註106〕神話中早已經出現「異次元世界」的描述：至於進入「異次元世界」的孔道，或利用時間運行速度的差異，或利用夢境，或經異人的導引，或利用生與死之間的承接或轉換，巧妙的區隔出「異次元世界」與凡界的交通往返。穿梭於「異次元空間」的載具，不一定是具體的運輸工具。它可能是生命中的轉換意念，像「生魂」、「死魄」或「轉世」；也可能是一種生理上的現象，如「夢」、「睡眠」，或是「瞑目」，或「動念」之間可能到了「異次元空間」。見傅師錫壬：〈窺探「靈異傳聞」中「異次元」的巧構〉，《中國文化大學中文學報》第29期（2014年10月），頁22。

〔註107〕蘇軾：〈和陶讀《山海經》并引．其四〉，卷39，頁2131～2132。

〔註108〕蘇軾：〈和陶讀《山海經》并引．其六〉，卷39，頁2132。

〔註109〕蘇軾：〈和陶讀《山海經》并引．其十二〉，卷39，頁2135。

〔註110〕蘇軾：〈和陶讀《山海經》并引．其十三〉，卷39，頁2136。

> 詩相類似；用字真至，語意渾然深厚，又逼近陶詩字句。有的詩，情在景中，先落下奇絕之筆，然後結出詩的主旨，用意超妙，筆力曲折，于極平淡處寓深味，神似陶詩。蘇軾的和陶詩，既有陶詩的美感意趣，又保存了蘇軾詩歌的豪逸氣象；既具有陶詩的藝術境界，但也表現出一個活脫脫的蘇軾。〔註 111〕

和陶詩的用字語意，真至渾然，立意高妙，筆力萬鈞，平淡寓深味意涵。詩情之美，傳達的是一種靜與淨，超然獨絕的藝術觀。平淡中有真味，讓蘇軾也有「人間無正味，美好出艱難。」〔註 112〕爽勁灑脫的陶風，能自由地躬耕生活。對蘇軾而言，平淡中安然過日，就是最大快樂似神仙的生活，質樸真切的情調。對大塊文章的欣賞，希望能像淵明般做個真正的世間人。用精深華妙之心境，不侷限塵世，才能怡然自得。

蘇軾和陶詩，有道家道教的加持，又能參禪悟道，胡仔《苕溪漁隱叢話》也云：

> 後自嶺外歸，次韻江晦叔詩云：浮雲時事改，孤月此心明，語意高妙參禪，悟道之人，吐露胸襟，無一毫窒礙也。〔註 113〕

「悟道之人，吐露胸襟，無一毫窒礙也。」世事難料，孤月映心明，坎坷的際遇，需要大智慧開示。

文學創作必是和生活經驗相呼應，和陶詩就是投射他的貶謫歷程。飽經風霜千里迢迢來到貶處，心中矛盾悲憤，不免感於世路崎嶇的苦悶。陶詩的平淡自然，高風絕塵，意與境相結和的特色，流露真摯情感。不矯揉、不造作，創造一個寧靜閒適的氛圍，正是蘇軾所企求的人間仙境。它可以斷阻外界的塵囂混濁，不必再為凡人世間的榮辱競走，不同流合污與卑躬屈膝。在神仙吟詠的國度裡悠游

〔註 111〕唐玲玲，周偉民：《蘇軾思想研究》（臺北：文史哲出版社，1996 年 2 月），頁 477。

〔註 112〕蘇軾：《蘇軾詩集》〈和陶西田穫早稻并引〉，卷 42，頁 2315。

〔註 113〕（宋）胡仔：《苕溪漁隱叢話後集》（臺北：臺灣商務印書館，1968 年 6 月），卷 26，頁 605。

自在，活出真正的自我，以精妙卓絕的文學藝術，展現了迷人浪漫的神仙風采。

文學的價值和應用，韋勒克．華倫《文學論》認為：

> 文學同樣有它自己的方法，那雖不是自然科學的，但却是知識的法則。只有那對真理非常狹隘的偏見，才會在知識的領域中剔除人文的成就。早在現代科學形成之前，哲學、歷史、法學、神學，甚至語言學都早已產生出一套有效的理解方法。它們的成就或者會因為現代自然科學在理論上與實際上的勝利而顯得遜色；但，它們毫無疑問是真實而永久，並且，有時如果加以一些修正，它們還可以恢復和革新的。〔註 114〕

文學的表現方法，雖非是自然科學法則，而是一種知識性的延展，是真實際遇情感的表現手法。因此，作品與作家的關係，為密不可分的關係。張師雙英《中國文學批評的理論與實踐》論述「文學」一詞的定義：

> 我們要欣賞一個特定的「作品」，通常必須綜合分析作品的語言、結構，以及擷取與其有關的種種資料，如作品之作者是誰？他為何創造這個作品？在何種時空的環境下創造的？……等，這些各有指涉，且表面上看來似與作品無關的因素，卻每每是讀者要能做到真正的了解作品不可或缺的條件，而這些通常也都可以用「文學」一詞來籠統地涵蓋。〔註 115〕

文學作品的產生創作，綜合作品中的語言結構，以及種種相關的資料因素。蘇軾和陶詩，追求一種田園山林的自然野性美，反抗黨爭禍端帶來的不自由，從和陶詩中吟詠神仙的意趣，尋得安身立命的一方淨土。陶淵明鄙棄官場，返歸田園山林，尋找心靈自由；而蘇軾

〔註 114〕韋勒克．華倫著，王夢鷗、許國衡譯：《文學論》（臺北：志文出版社，1987 年 12 月），頁 22。

〔註 115〕張雙英：《中國文學批評的理論與實踐》（臺北：國文天地雜誌社，1990 年 10 月），頁 14～15。

在嶺南，身不由己，同樣也是尋找自由，他用和陶追慕的方式，求得自由。

蘇詩的神仙吟詠創作，就是一門學問與藝術。陶詩裡的平淡中和，為宋代塑立起詩歌審美的典範，加以蘇軾和陶詩中神仙的悠然美好，為冷酷的現實作一批判，希望能返歸至質樸、真誠的理想桃源。也希望能像赤松子、王子喬等神仙人物，有特異神蹟行為；或是如葛洪上羅浮山著書，煉丹服食、養氣養生為仙道之極致，終致飛升仙境。因此，大抵凡有翠松、白雲、氤氳煙靄等境，就會令人有飄然仙去的遐思與追求。所以在文學的創作，它所傳達的就是一種人生態度與價值存在感。〔註 116〕一件文學作品的產生，結合「材料」與「結構」，才能達到美學的效果。而這樣的文學作品就是一整套的符號系統，或符號的結構，以達到一種特殊的美學效能。

文學作品的功能與價值，在於釋放與解脫。蘇軾和陶詩就是一種釋放鬱抑與一種的「心靈的平靜」〔註 117〕。和陶詩的精神，讓蘇軾將出處與生死重大議題，看淡看破。當儒家的入世情懷，無法伸展，即用道家道教的虛靜清明，追求生命的永恆長久；佛家萬物皆空寂滅，一切歸向平等，從道、釋思想中來破解。陶淵明關於生死問題，在其詩作中是淳然乾淨；而蘇軾經歷了大起大落的生死，對生命早已有深刻領悟。用名山深林，作為洞天福地，能成仙是人的理想化，而仙境是人所追尋的目標，其核心始終圍繞在人的活動與欲求上。蘇軾追求神仙的逍遙自由，清靜無為，用和陶的精神去心領神會，用幻思去神

〔註 116〕昂格（Rudolf Unger）（採用狄爾菲 Dilthey 的觀念）就曾最明白不過地維護一種方法——一種雖不曾有人作過系統性的闡述，却已沿用已久的方法。他得正確地認為：文學並不是把哲學性的知識翻譯成意象和詩律後的結果，認為文學所表達的是一種普遍的人生態度，認為詩人通常不成系統地回答了一些亦屬哲學主題的問題，且認為這種出於詩的形式地回答，會因時代與思潮的改變而有所不同。Rene & Wellek 著，梁伯傑譯：《文學理論》（臺北：大林出版社，無出版年月），頁 163。

〔註 117〕Rene & Wellek 著，梁伯傑譯：《文學理論》，頁 39。

遊。雖無法實踐兼濟天下的理想，又不失道家道論的哲理運用，使自由人格的意志，走向神仙世界。因此，和陶精神的價值，輕鬆地道出「江山朝福地，古人不我欺。」〔註 118〕虔誠地相信神仙，對求道學仙的意念又更深進一層。故和陶詩精神，對陶潛人格的仰慕與肯定，追求人自然率真的真性情的盼望與理想。

陶詩風格是簡潔明淨的，沒有太多冗語贅詞，感萬物得時，年壽將盡，我亦具物之情，物我交融。深厚的誠意，直率古樸；文辭詩句興會所至，婉曲愜意。蘇軾的和陶，感於其人其德。以整體而言，和陶詩即其晚年書寫心靈情境的創作作品，以隱微的寓意，宣洩他的處境現況，藉著神仙吟詠的手法，忘卻悲憤，以曠達態度寄託自己的神仙之思。

蘇軾和陶詩中有不少是體悟道家道教的思想，與實際修煉求仙之方，既逃避現實的威迫又坦然率真地歸順於大化，心思與萬化冥合。所以在和陶詩的創作，有淡泊簡遠的率真個性；有感時體悟，生動描繪自然景物；有語言真切，表現和陶詩歌之美。從神仙吟詠之作，表達出道家的情調與道教的信仰，展現多元的文學藝術面面觀。

蘇軾和陶詩，是從苦楚的境況中，新的人生省悟反思。對陶淵明這位知音者的回饋，一種特殊的審美意趣。陶淵明回歸自然田園，是倍感世俗樊籠的束縛不自由，得返自然、回歸質樸，找回嚮往的田園模式而欣喜。而蘇軾則是飽受貶謫欺壓，以調整自我的方式，回歸自然，匯通物我，對新生活的一種發現之美，可以安時處順、處厄窮達、曠達自適的新體悟、新發現。〔註 119〕

〔註 118〕蘇軾：《蘇軾詩集》〈和陶移居二首并引．其二〉，卷 40，頁 2192。

〔註 119〕蘇軾畢竟是蘇軾，他的《和陶詩》雖然在藝術上、乃至意蘊上以陶詩為楷模，但畢竟是對自我真實情感的個性書寫，是新的人生覺悟的表達。《和陶詩》的深層意蘊雖與陶詩有「似」的一面，也有「不似」的一面，這「不似」的一面正是蘇詩獨具的審美價值，正是蘇詩的「美好」所在。見李釗鋒：〈蘇軾《和陶詩》深層意蘊探論〉，《九江師專學報（哲學社會科學版）》總第 116 期（2002 年第 3 期），頁 15～20。

因此，蘇軾和陶精神的最終文學價值，在蘇詩承繼傳統的基礎上，發揮自己文采才學優勢，突破改變豪放恣肆、嘻笑直言的個性，最後在嶺南、海南時期的和陶詩中，表現其獨特性，一窺蘇軾內心的矛盾與掙扎。哀嘆羣小構陷猜忌，遠離災厄，藉和陶以避禍，且能扣住自然率真的主題，隔離了汙穢的暗黑面，忘却煩惱，回歸淳樸。蘇軾熟悉陶潛作品集，盡和陶意，用前所未有的追和之意，盡陶、和陶、推崇陶；開創獨有的和陶模式，尤以「漫長的謫居歲月中，以陶詩為精神食糧，一一賞讀之，題寫之，評論之，從而形成了內涵豐富的蘇氏陶學。」〔註 120〕豐富內涵的蘇氏陶學，成就了文學藝術價值，足以影響後世和陶文學的發展。

第二節　生命價值的探尋

眉山奇秀，人中之龍，一代詩人「蘇軾」，天才傑出，於文學有多元的藝術成就。而其作品為後人留下句句的精神財富，與生命價值的出口，值得深思與探索。

當我們佳節團聚時，望著皎潔明月，吟誦出「但願人長久，千里共嬋娟。」〔註 121〕當我們人生不順遂時，不禁嘆道「太一老仙閑不出，踵門問道今時矣。」〔註 122〕當我們徬徨在人生的路口時，會以「回首向來蕭瑟處，歸去，也無風雨也無晴。」〔註 123〕用蘇軾的詩詞，化開撫慰失意的傷痕。太多蘇軾詩詞經典之作，足以掌舵起人生舟駕的航向，寬慰人心，豐富心靈源泉。牟宗三《生命的學問》言：

> 中國文化的核心是生命的學問。由真實生命之覺醒，向外開出

〔註 120〕張海鷗：《北宋詩學》（河南：河南大學出版社，2007 年 6 月），頁 139。

〔註 121〕蘇軾撰，龍榆生校箋：《東坡樂府箋》〈水調歌頭「明月幾時有」〉（臺北：華正書局，1983 年 8 月），卷 1，頁 80。

〔註 122〕蘇軾：《蘇軾詩集》〈送顏復兼寄王鞏〉，卷 15，頁 744。

〔註 123〕蘇軾撰，龍榆生校箋：東坡樂府箋》〈定風波「莫聽穿林打葉聲」〉（臺北：華正書局，1983 年 8 月），卷 2，頁 139。

> 事業與追求知識之理想，向內滲透此等理想之真實本源，以使理想真成其為理想，此是生命的學問之全體大用。〔註124〕

蘇軾人生的況味，高潮跌宕不已，有巔峰、有暗潮、有漩渦，林林總總的歷練，交錯其精彩的一生，而蘇軾又是以怎樣的智慧去面對生命的光與熱，使其生命的價值發揮極致，這些生命學問的探索，值得玩味鑑賞。

一、積極濟世的人道關懷

蘇軾幼時深受儒家教育洗禮，在其環境薰染陶冶之下成長。《宋史・蘇軾本傳》云：

> 生十年，父洵游學四方，母程氏親授以書，聞古今成敗，輒能語其要。程氏讀東漢《范滂傳》，慨然太息，軾請曰：「軾若為滂，母許之否乎？」程氏曰：「汝能為滂，吾顧不能為滂母邪？」〔註125〕

父赴京游學，由母親程氏親授之，幼年蘇軾聽聞古今成敗之史，每每總能說中其要旨。范滂的「登車攬轡，慨然有澄清天下之志。」〔註126〕敢於糾舉彈劾，不畏惡勢權貴，深深觸動他而思效仿志士仁人，亦萌生奮厲當世之雄志。

蘇軾家學的啟蒙教育，父親教諭是：「以為士生於世，治氣養心，無惡於身。推是以施之人，不為苟生也。不幸不用，猶當以其所知，著之翰墨，使人有聞焉。」〔註127〕讓儒家淑世觀及奮進精神、忠孝

〔註124〕牟宗三：《生命的學問》（臺北：三民書局股份有限公司，1978年6月），頁2。

〔註125〕（元）脫脫等修撰，楊家駱主編：《新校本宋史並附編三種》〈列傳第九十七・蘇軾〉（臺北：鼎文書局，1983年11月），卷338，頁10801。

〔註126〕（南朝宋）范曄著，楊家駱主編：《新校本後漢書並附編十三種》〈黨錮列傳第五十七・范滂〉（臺北：鼎文書局，1987年元月），卷67，頁2203。

〔註127〕（宋）蘇轍著，陳宏天、高秀芳點校，《蘇轍集・欒城後集》〈歷代論一并引〉（北京：中華書局，1999年7月），卷7，頁958。

節義、敬君愛民等操守，深深灌注在蘇軾幼小的心中。蘇軾言：「有筆頭千字，胸中萬卷；致君堯舜，此事何難。」〔註128〕持之以忠義填膺的信念行世。

幼時培養儒家用世之願，從蘇軾對農民有濃烈的同情與同理，是明顯的。他與弟轍離川蜀至京城，干取功名，途經三峽險灘黃牛峽，看到岩壁上神牛石像，備受人們供奉，而山下負重的耕牛，卻是苦饑且筋疲力盡地在貧壤中工作。蘇軾對此景象，替耕牛發出了「山下耕牛苦磽确，兩角磨崖四蹄濕。青芻半束長苦飢，仰看黃牛安可及。」〔註129〕不平的感嘆，也暗示耕牛悲慘的形象，不正是貧農的象徵；而神牛的立威，就是地主官僚的投射寫照。詩人巧用懸殊形象的對照，呈現出當時社會狀態就是這樣懸殊分化的狀況，不合理兩極化的社會階層。

蘇軾做了朝廷命官，做有益生民的事蹟，行惠民之政，是他在政壇上重要的表現。嘉祐六年（1061）任鳳翔簽判時，對「坐覺村飢語不囂」〔註130〕貧農缺糧的困窘而擔憂。每遇災荒，減價方式抑制米價上揚，支散義倉糧庫救飢民，他總是第一個為民發聲，找出解決之方。元祐期間，看到酷吏追討貧民稅賦，使得人民不得不鬻田質子的窘況，譴責惡吏比水旱更甚的惡狼，大膽抨擊說出「官自倒帑廩，飽不及黎元。」〔註131〕的苛政措施，造成極大的社會民生困擾。

神宗熙寧十年（1077）知徐州，治水事蹟為民所頌揚。黃河在澶州潰堤「彭門城下水二丈八，七十餘日不退。」〔註132〕身為地方官的他，常是席不暇暖的巡視水患，「河漲西來失舊谼，孤城渾在水光中，忽然歸壑無尋處，千里禾麻一半空。」〔註133〕洪水圍城的險象，又看

〔註128〕蘇軾撰，龍榆生校箋：《東坡樂府箋》〈沁園春「孤館青燈」〉（臺北：華正書局，1983年8月），卷1，頁58。

〔註129〕蘇軾：《蘇軾詩集》〈黃牛廟〉，卷1，頁43。

〔註130〕蘇軾：《蘇軾詩集》〈十二月十四日，夜，微雪，明日早，往南溪小酌，至晚〉，卷4，頁184。

〔註131〕蘇軾：《蘇軾詩集》〈送黃師是赴兩浙憲〉，卷36，頁1963。

〔註132〕蘇軾：《蘇軾詩集》〈河復并敘〉，卷15，頁765。

〔註133〕蘇軾：《蘇軾詩集》〈登望谼亭〉，卷15，頁767。

到城內一些大戶富賈偷生怕死，爭競出城避洪災，然詩人反而矢志與民共生死。「黃河西來初不覺，但訝清泗流奔渾。夜聞沙岸鳴甕盎，曉看雪浪浮鵬鯤。」〔註 134〕洪禍滔天，蘇軾抗洪奮鬥中，常是過家門不入，率軍民持器械工具，築起城堤，使洪水不入城，幾經官民同心奮力，終於抗洪成功。人民歡欣歌舞，蘇軾受到百姓肯定與歌頌「旋呼歌舞雜詼笑，不惜飲釂空瓶盆。」〔註 135〕舉城歡慶。所以，當他要離開徐州時，人民感謝他護城退洪有功，扶老攜幼夾道歡送，紛紛言謝不已，把盞請壽道出：「洗盞拜馬前，請壽使君公，前年無使君，魚鱉化兒童。」〔註 136〕盛情令蘇軾感動，頻回復言：「水來非吾過，去亦非吾功。」〔註 137〕並勸民安慰道：「吏民莫扳援，歌管莫淒咽。吾生如寄耳，寧獨為此別。別離隨處有，悲惱緣愛結。」〔註 138〕顯示出吏民同心抗洪，令人難忘。

元祐四年（1089），蘇軾以龍圖閣學士知杭州，《宋史・蘇軾本傳》言其事蹟，載云：

> 既至杭，大旱，饑疫並作。軾請於朝，免本路上供米三之一，復得賜度僧牒，易米以救飢者。明年春，又減價糶常平米，多作饘粥藥劑，遣使挾醫分坊治病，活者甚眾。……軾見茅山一河專受江潮，鹽橋一河專受湖水，遂浚二河以通漕。復造堰牐，以為湖水畜洩之限，江潮不復入市。以餘力復完六井，又取葑田積湖中，南北徑三十里，為長堤以通行者。吳人種菱，春輒芟除，不遺寸草。且募人種菱湖中，葑不復生。收其利以備修湖，取救荒餘錢萬緡、糧萬石，及請得百僧度牒以募役者。堤成，植芙蓉、楊柳其上，望之如畫圖，杭人

〔註 134〕蘇軾：《蘇軾詩集》〈答呂梁仲屯田〉，卷 15，頁 774。
〔註 135〕蘇軾：《蘇軾詩集》，卷 15，頁 775。
〔註 136〕蘇軾：《蘇軾詩集》〈罷徐州，往南京，馬上走筆寄子由五首・其二〉，卷 18，頁 936～937。
〔註 137〕蘇軾：《蘇軾詩集》，卷 18，頁 936～937。
〔註 138〕蘇軾：《蘇軾詩集》〈罷徐州，往南京，馬上走筆寄子由五首・其一〉，卷 18，頁 936。

名為蘇公堤。〔註139〕

至杭州，時值杭州大旱，饑疫逢起。速請朝命，減輕人民賦稅並「減價糶常平米，多作饘粥藥劑，遣使挾醫分坊治病。」救民無數。又看見西湖水中多葑疏濬，興修水利，使江潮不復釀災，讓千頃良田得以灌溉，栽種經濟作物。然用葑泥築成長堤，便於通行、行旅之便，備受人民讚揚。蘇軾的這些濟世為民的行動力，永遠走在最前面，深獲人民的肯定與掌聲。

蘇軾曾言：「問汝平生功業，黃州、惠州、儋州。」〔註140〕自認一生功業奉獻，就在最危困顛沛之際。古道熱腸的他，在處境最艱辛時期，仍發揮濟世救貧精神，為民服務，是位關心民瘼的好官吏。

黃州時期，即使是僇人貶臣身分，競相奔走熱誠，仍是發揮極致。當得知岳鄂地區有溺嬰風氣，「初生輒以冷水浸殺，其父母亦不忍，率常閉目背面，以手按之水盆中，咿嚶良久乃死。」〔註141〕極力改善不人道的風俗，想盡辦法弭平惡俗。因此他走訪當地知州朱壽昌，希望從法律上明令制定禁止殺嬰律例，「準律，故殺子孫，徒二年。此長吏所得按舉。」〔註142〕以朝廷官府的力量來革除弊風。他認為之所以會溺嬰事件的發生，其源在貧窮困厄。於是用他在密州賑災救饑的經驗，做到「遇饑年，民多棄子，因盤量勸誘米，得出剩數百石別儲之，專以收養棄兒，月給六斗。比朞年，養者與兒，皆有父母之愛，遂不失所，所活亦數千人。」〔註143〕希望當地知州能體恤民情，開糧倉、賑貧民，以物紓困濟助。黃州之謫放，正是成就蘇軾「秀語出寒餓，身窮詩乃亨。」〔註144〕一個創作顛峰，深具獨立卓絕的人格，同時具

〔註139〕（元）脫脫等修撰：《新校本宋史並附編三種．蘇軾》，卷338，頁10812～10813。

〔註140〕蘇軾：《蘇軾詩集》〈自題金山畫像〉，卷48，頁2641。

〔註141〕蘇軾：《蘇軾文集》〈與朱鄂州書〉，卷49，頁1416。

〔註142〕蘇軾：《蘇軾文集》〈與朱鄂州書〉，卷49，頁1417。

〔註143〕蘇軾：《蘇軾文集》，卷49，頁1417～1418。

〔註144〕蘇軾：《蘇東坡全集》〈次韻仲殊雪中游西湖二首〉（臺北：世界書局，1998年6月），卷18，頁224。

有民胞物與的情懷，深耕民間形象。

蘇軾再貶嶺南惠州，以為終驛站，孰知惠州才是另一波謫放始端。但他不氣餒地以瑰麗奇偉的神仙色彩，化解胸中的鬱積，迎接挑戰不可知的未來。他運用神仙素材入詩，化解跳脫羈絆，現實與浪漫結合，締造美麗的憧憬。從遠謫斯土，以弱纜之姿，爭萬里風，仕途窘迫，雖是飄零羈旅上的無奈，依然可以是「生逢堯舜仁，得作嶺海遊。」〔註 145〕以瀟灑態度，逆旅於眼前。即便謫命更迭三改，權臣政敵欲置之死地的手段，仍未擊倒文壇巨人。接續，建設惠州，不辭長作嶺南人，欲寓居終老於茲。心理的調適重整，從「夫南方雖號為瘴癘地，然死生有命，初不由南北也，且許過我而歸。」〔註 146〕到「定居之後，杜門燒香，閉門清坐。」〔註 147〕心境上的轉折參悟，自我聊慰寬舒，胸中便是自得自適。

蘇軾將在黃州、杭州時研究不少的醫藥學理，施濟於惠州鄉里。在研醫濟世方面，也不虞餘力地付出己力。仁宗時期，朝廷編行《慶曆善救方》〔註 148〕惠民濟眾，引起蘇軾的興趣。他認為研醫的基本須配合著五行運作之理，推研出用藥的處方。請教名醫研究醫理，如「端居靜坐，思五臟皆止一，而腎獨二，蓋萬物之所終始，生之所出，死

〔註 145〕蘇軾：《蘇軾詩集》〈聞正輔表兄將至，以詩迎之〉，卷 39，頁 2142。
〔註 146〕蘇軾：《蘇軾文集》〈與吳秀才三首‧二以下俱惠州〉，卷 57，頁 1738。
〔註 147〕蘇軾：《蘇軾文集》，卷 57，頁 1738。
〔註 148〕先是，仁宗在位，哀病者乏方藥，為頒《慶曆善救方》。知雲安軍王端請官為給錢和藥予民，遂行於天下。嘗因京師大疫，命太醫和藥，內出犀角二本，析而視之。其一通天犀，內侍李舜舉請留供帝服御。帝曰：「吾豈貴異物而賤百姓？」竟碎之。又蠲公私僦舍錢十日。令太醫擇善察脈者，即縣官授藥，審處其疾狀予之，無使貧民為庸醫所誤，夭閼其生。（元）脫脫等修撰，楊家駱主編：《新校本宋史並附編三種》〈食貨志一百三十一役法下振恤〉（臺北：鼎文書局，1983 年 11 月），卷 178，頁 2055。又〈書濟眾方後〉：「用能導迎休祥，年穀登衍，其裕民之德，固已浹肌膚而淪骨髓矣。然猶慊然憂下民之疾疹無良劑以全濟，於是詔太醫集名方，曰『簡要濟眾』。凡五卷，三冊，鏤板模印，以賜郡縣，俾人得傳錄，用廣拯療，意欲錫以康寧之福，躋之仁壽之域。」蘇軾：《蘇軾文集》〈書濟眾方後〉，卷 66，頁 2066。

之所入故也。太玄：罔、直、蒙、酋、冥。罔為冬，直為春，蒙為夏，酋為秋，冥復為冬，則此理也。」〔註 149〕蘇軾到惠州後，除了蒐購藥材，合藥施捨，也自己種植藥草，以賙濟惠州鄉民。習醫施藥，就是蘇軾關心民瘼，濟世利人的大愛情懷。

在儋州，與百姓良好的互動。儋州四周環視皆海，猶似在太倉中，人之微渺豈能與天爭乎？人生中看似重要的命題，來此絕境，似乎一切都微不足道，只能是「幽懷忽破散，永嘯來天風。」〔註 150〕心靈澄淨澹然。蘇軾明白「幽人拊枕坐歎息」〔註 151〕的愁苦哀怨，以安時處順的思維，淡定地過著「結茅來此住」〔註 152〕的生活模式，用「久安儋耳陋，日與雕題親。」〔註 153〕「孤雲倦鳥空來往，自要閑飛不作霖。」〔註 154〕以倦鳥閑飛這樣豁達的態度，適應苦悶的貶居流光。

蘇軾相當瞭解自己的處境，明白身為罪臣的保身之道，須適度解放內在的抑鬱，在黃州、惠州、儋州之期，曾以逃避途徑，用神仙吟詠的詩句，如：「我今飄泊等鴻雁，江南江北無常棲。」〔註 155〕「仙人一去五十年，花老室空誰作主。」〔註 156〕「應知我是香案吏，他年許綴蓬萊班。」〔註 157〕「海水豈容鯨飲盡，然犀何處覓瓊枝」〔註 158〕

〔註 149〕蘇軾：《蘇東坡全集．續集》〈與龐安常〉，（臺北：世界書局，1998 年 6 月），卷 4，頁 105。

〔註 150〕蘇軾：《蘇軾詩集》〈行瓊、儋間，肩輿坐睡。夢中得句云：千山動鱗甲，萬谷酣笙鐘。覺而遇清風急雨，戲作此數句〉，卷 41，頁 2247。

〔註 151〕蘇軾：《蘇軾詩集》〈吾謫海南，子由雷州，被命即行，了不相知，至梧乃聞其尚在藤也，旦夕當追及，作此詩示之〉，卷 41，頁 2244。

〔註 152〕彭元藻修，王國憲纂：《儋縣志》〈藝文志．蘇文忠公居儋錄〉（臺北：成文出版社，1974 年 12 月），卷 10，頁 767。

〔註 153〕蘇軾：《蘇軾詩集》〈和陶與殷晉安別〉，卷 42，頁 2321。

〔註 154〕蘇軾：《蘇軾詩集》〈次韻鄭介夫二首．其一〉，卷 44，頁 2406。

〔註 155〕蘇軾：《蘇軾詩集》〈與子由同遊寒溪西山〉，卷 20，頁 1055。

〔註 156〕蘇軾：《蘇軾詩集》〈和蔡景繁海州石室〉，卷 22，頁 1179。

〔註 157〕蘇軾：《蘇軾詩集》〈追餞正輔表兄至博羅，賦詩為別．再用前韻〉，卷 39，頁 2111。

〔註 158〕蘇軾：《蘇軾詩集》〈答海上翁〉，卷 43，頁 2350。

等詩，尋求寄託庇護，藉以遠離迫害。然他心繫國事的熱誠不減，謂：「自笑平生為口忙，老來事業轉荒唐。」〔註 159〕平生風轉，老來卻衰疲；亦感「平生文字為吾累，此去聲名不厭低。」〔註 160〕又常借事諷諭，對俗弊直指其陳。正義之聲的呼告，如：「自謂頗正古今之誤，粗有益於世，瞑目無憾也。」〔註 161〕自認尚未棄絕儒家經世濟民的抱負。可見，蘇軾真的是好官吏，他貼近百姓生活、瞭解百姓苦楚，明白「人間行路難，踏地出賦租。」〔註 162〕這樣始終為民發聲，關心民瘼的行動力，持之不減、不衰。

蘇軾對人民生活疾苦，挹注高度的人道關懷，同情被壓迫欺詐的蒼生，使得他日後不論是為官或貶謫，總是以愛民、憂民為出發主導，做個「早歲便懷齊物志，微官敢有濟時心。」〔註 163〕賦予積極濟世的人道主義關懷。

二、熱愛生命的人生態度

人的生命價值，在其光和熱的傳遞。後人景仰前人足跡，從文學作品中透視其意涵，藉此瞭解作者的思維及生活哲學。透過觀感以生命源頭做析理、詮釋，使個體生命的意義，富時代性的價值與指標。

蘇軾對生命的熱愛，及超然獨絕的人生，足以在文學作品中，或顯或微地展現其超曠、超邁的文化人格。清梁廷枏《東坡事類》言：

> 子瞻文章議論，獨出當世，風格高邁，真謫仙人也。至於書畫，亦皆精絕。故其簡筆才落手，即為人藏去，有得真跡者，重於珠玉。子瞻雖才行高世而遇人溫厚，有片善可取者，輒與之傾盡城府，論辨唱酬，間以談謔，以是尤為士大

〔註 159〕蘇軾：《蘇軾詩集》〈初到黃州〉，卷 20，頁 1031。
〔註 160〕蘇軾：《蘇軾詩集》〈十二月二十八日，蒙恩責授檢校水部員外郎黃州團練副使，復用前韻二首・其二〉，卷 19，頁 1006。
〔註 161〕蘇軾：《蘇軾文集》〈與滕達道六十八首・二十一〉，卷 51，頁 1482。
〔註 162〕蘇軾：《蘇軾詩集》〈魚蠻子〉，卷 21，頁 1124～1125。
〔註 163〕蘇軾：《蘇軾詩集》〈次韻柳子玉過陳絕糧二首・其二〉，卷 6，頁 275。

夫所愛。〔註164〕

以上所論，證明蘇軾才行高韜，文章、書畫風格獨特奇絕；為人溫厚，又間以談謔，尤為士大夫所愛。曠達的思維，多元的才學，魅力無可披靡。蘇軾人格魅力，源於自身對生命的熱愛，發揮所長在文學領域中，作品意蘊的是對生命的一種自覺省思，同時雕塑了生命質地與文學風格，步調是一致性。

王水照《蘇軾研究》一文提及，蘇軾人生思想是：

> 蘇軾的人生思想，作為一個整體，它的各個部分是從互相撞擊、制約中而實現互補互融的。他的經世濟時的淑世精神和貫串一生的退歸故土的戀鄉之情，對剛直堅毅的人格力量的追求和自由不羈的個人主體價值的珍重，都奇妙地統一在他身上。隨看生活的順逆，他心靈的天平理所當然地會發生向某一方向的傾斜和側重，但同時其另一方向並沒有失重和消失。挫折和困境固然無情地揭開了人生的帷幕，認識到主體以外存在的可怕和威脅，加深了對人生苦難和虛幻的感受，但是，背負的傳統儒家的淑世精神又使他不會陷人徹底的享樂主義和混世、厭世主義，而仍然堅持對美好生活的追求和信念。〔註165〕

儘管蘇軾遭遇順與逆，他總堅持最好的信念，一路行來抉擇於「窮」與「達」的平衡。不論是為官，造福桑梓，或盡己為生民立命，抑是「寂寂東坡一病翁，白鬚蕭散滿霜風。」〔註166〕謫居蕭然，仍不改他曠達與豪邁的胸襟，以及頑強的適應力。

蘇軾的人生為多元取向，其思想是深邃的、內斂的、曠達的。其人格特質，有瀟灑的氣魄，睿智冷靜的個性，更有一股超然凡俗的氣質，笑傲人間。蘇軾的生活哲學，融合儒釋道的精粹，當可實現致君堯舜、愛民如子的兼善通達，仍不忘用釋道的養生求仙，做個轉

〔註164〕（清）梁廷枏纂：《東坡事類》〈遊戲類．戲謔〉（臺北：廣文書局有限公司，1981年12月），卷12，頁13～14。

〔註165〕王水照著：《蘇軾研究》（北京：中華書局，2015年5月），頁82。

〔註166〕蘇軾：《蘇軾詩集》〈縱筆三首．其一〉，卷42，頁2327。

圓銜接之處。因此必須從「窮」與「達」的觀點，探微一代哲人的生命觀與價值觀。

（一）對「窮」之深思體悟

蘇軾的人生思考，在了悟的基礎，作一種任真自得的肯定與釋放。如他的詞作〈滿庭芳〉言：「蝸角虛名，蠅頭微利，算來著甚乾忙。事皆前定，誰弱又誰強，且趁閒身未老，須放我些子疏狂。」〔註 167〕世間的虛名微利，不過是蝸角、蠅頭那麼小的形體，何須為此競相奔走忙碌？凡事都已命定，誰強誰弱，都已非重點，重要是趁現在身未老時，作些疏狂、作些自我。對生命發出瀟灑的呼告，跳脫人生矛盾癥結，表達飄逸曠達的性格。

一場烏臺詩案，成了詩人的人生轉捩點。不僅是他個人的政治迫害，甚是影響北宋政局的走勢。巨大的衝擊，深切地體悟外在世界的不定、不安，唯有轉向內在意蘊的修煉涵養，才可適時的解厄避禍，更加珍惜生命的價值。

清沈德潛《說詩晬語》言：「蘇子瞻胸有洪爐，金銀鉛錫，皆歸鎔鑄。」〔註 168〕詩案發生後，謫貶黃州，儒家那套淑世的根基動搖。經過不斷自我修正，了然從道家道教的神仙信仰中，掙脫解套，追求的是窮達觀與安之若命，一切有了新契機。

蘇軾明白自己處境，持以「窮」之思維，屏除矛盾與爭議，拋開外在過多的包袱。當世間沒有所謂的人我之別、是非爭議、高低之論，自然萬物乃一體無別，符合了「天地與我並生，而萬物與我為一。」〔註 169〕是莊子齊物論的最高意境。天地間物各有主，不執著

〔註 167〕蘇軾撰，龍榆生校箋：《東坡樂府箋》〈滿庭芳「蝸角虛名」〉（臺北：華正書局，1983 年 8 月），卷 3，頁 279。

〔註 168〕（清）沈德潛著，霍松林校注：《說詩晬語》（北京：人民文學出版社，1998 年 5 月），卷下，頁 233。

〔註 169〕（清）郭慶藩編，王孝魚整理：《莊子集釋》〈齊物論第二〉（臺北：木鐸出版社，1988 年元月），卷 1 下，頁 79。

於彼此藩籬，自可打破迷思。詩人看盡「世人爭齒牙」〔註 170〕撕裂紛爭場景，猶似「遊魚在網兔在罝，一氣頓盡猶嘔啞。」〔註 171〕幕燕鼎魚困於厄境，終至氣盡的悲慘命運。故詩人用道家虛靜無為，安時處順，聽任大自然的安排，不違逆、守樸淳真，則身外榮辱哀樂不侵擾，自然達到「逍遙齊物追莊周」〔註 172〕的超然窮達的境界。

詩人對「窮」之深思，儘管人生是跌宕的，但其心中自有衡尺，拿捏得宜。生命本就是一場爭競，有風雨、有朝暉夕照、有綺麗風光等，一如自然現象變幻無常，如何以省悟了然的平常心迎逆旅，用「也無風雨也無晴」〔註 173〕超然物外的態度面對，才能使生命價值屹立不墜。

蘇軾好神仙之道，「平生學踵息，坐覺兩蹯溫。」〔註 174〕善養生之方。當他生命中遇到最震撼打擊的那刻起，神仙思維即刻揭入心頭，使他反思事物的本然性，對詩人而言，這是人生轉折的契機，不圖仕進、不憂成敗，就讓神仙幻境的遐思，慰藉心靈。

元豐年間的流放足跡，讓詩人更懂保護羽翼，明白「人事多乖迕，神藥竟渺茫。」〔註 175〕乖違的世局，任何志士都無法理治，唯有循向神仙術數，才是保身之法。舉數例元豐期間之作，如元豐三年（1080），寫出〈戲作種松〉詩云：「青骨凝綠髓，丹田發幽光。白髮何足道，要使雙瞳方。却後五百年，騎鶴還故鄉。」〔註 176〕運用丹田梨棗，煉氣化神，煉神還虛等修煉功夫，學道成仙之後，偕仙鶴遨遊，回歸到絕對的自由仙境。又〈石芝〉詩云：「亦知洞府嘲輕脫，終

〔註 170〕蘇軾：《蘇軾詩集》〈辨道歌〉，卷 40，頁 2213。
〔註 171〕蘇軾：《蘇軾詩集》，卷 40，頁 2213。
〔註 172〕蘇軾：《蘇軾詩集》〈送文與可出守陵州〉，卷 6，頁 250～251。
〔註 173〕蘇軾撰，龍榆生校箋：《東坡樂府箋》〈定風波「莫聽穿林打葉聲」〉（臺北：華正書局，1983 年 8 月），卷 2，頁 139。
〔註 174〕蘇軾：《蘇軾詩集》〈正月十八日蔡州道上遇雪，次子由韻二首．其二〉，卷 20，頁 1020。
〔註 175〕蘇軾：《蘇軾詩集》〈戲作種松〉，卷 20，頁 1028。
〔註 176〕蘇軾：《蘇軾詩集》，卷 20，頁 1028。

勝嵇康羡王烈。神山一合五百年，風吹石髓堅如鐵。」〔註 177〕不必像許碏游廬江間，只因踏翻王母九霞觴，被羣仙拍手笑嫌輕脫之事；不必像嵇康激烈地抨擊世俗規範，嚮往羡慕《神仙傳》中王烈〔註 178〕，神山五百年才開，有石髓流出，如能得而服之，則壽與天地齊畢。

元豐四年（1081），為友人張方平慶生時，詩云：「先生真是地行仙，住世因循五百年。」〔註 179〕蘇軾希望能像張方平致仕時，修煉心法，一如地行仙，行服餌術不休息，食道圓成，壽千萬歲。養性延命，莫管世俗塵事，而能「與天地相弊，日月並列。」〔註 180〕等齊日月天地。

元豐五年（1082），〈贈黃山人〉一詩言：「絕學已生真定慧，說禪長笑老浮屠。東坡若肯三年住，親與先生看藥爐。」〔註 181〕學學老子的棄智絕學之道，自可臻於無憂；學《楞嚴經》心戒生定慧之法，參以佛者的言覺，覺以悟羣生。蘇軾與黃道人學養生，認為藥爐火侯要精煉，服食才可延年益壽，促進健康。

元豐七年（1084），〈贈梁道人〉詩曰：「寒盡山中無曆日，雨斜江上一漁簑。神仙護短多官府，未厭人間醉踏歌。」〔註 182〕如隱者般枕流漱石，高臥石眠，寒盡不知年，又要像八十仙翁漁蓑於斜江上。上界仙人是足官府，誠如八仙中的藍采和，於市井踏歌而行，唱出醉歌人間多少紛擾。梁道人就如仙人藍采和在人間醉歌行走，善養生，享高壽。

〔註 177〕蘇軾：《蘇軾詩集》〈石芝并引〉，卷 20，頁 1047～1048。

〔註 178〕（晉）葛洪撰：《神仙傳》（臺北：藝文印書館，1966 年，《百部叢書集成》影印《夷門廣牘》本），卷 6，頁 8。

〔註 179〕蘇軾：《蘇軾詩集》〈樂全先生生日，以鐵拄杖為壽，二首．其一〉，卷 21，頁 1086。

〔註 180〕《神農經》曰：「食穀者智慧聰明，食石者肥澤不老謂煉五石也，食芝者延年不死，食元氣者地不能埋，天不能殺。是故食藥者，與天地相弊，日月並列。」見（宋）張君房編：《雲笈七籤》〈養性延命錄〉（北京：齊魯書社，1988 年 9 月），卷 32，頁 182。

〔註 181〕蘇軾：《蘇軾詩集》〈贈黃山人〉，卷 21，頁 1118。

〔註 182〕蘇軾：《蘇軾詩集》〈贈梁道人〉，卷 24，頁 1294～1295。

上述舉隅元豐之作，道出詩人遭謫後，強化他求仙學道的信念。他在「窮」之框架中，有番省悟與超越，賢愚、得失、榮辱、禍福等，同乎萬物，明白這層自然規則，了然「與物俱化」之理。而現實中，因迫於苦難，必須釋放寄託，不得不採取一種人生思考的深度。為此，蘇軾時與道士、僧侶有詩作酬唱相往來，將神仙信仰付諸實際的求道學道，不迷失自我，期盼日後真能登遐飛昇以成仙，享有絕對的美好與自由。因此，蘇軾對「窮」的深思與省悟，流露在詩作文藝中，讓他在幻變中，自有其獨創的特質，堅守「吾生如寄耳」〔註 183〕的信念，對未知的未來「行藏在我」〔註 184〕，仍以不輟的信心和勇氣，持之恆常。

（二）對「達」之豁朗超俗

蘇軾以「達」之豁朗超俗，面對眼前橫逆困阨，所作的一種自我解脫方式，為其人生態度的特質。他以〈超然臺記〉一文，記修葺後

〔註 183〕在蘇軾詩集中共有九處用了「吾生如寄耳」句，突出表現了他對人生無常性的感受。這九處按作年排列如下一：（一）熙寧十年〈過雲龍山人張天驥〉:「吾生如寄耳，歸計失不蚤。故山豈敢忘，但恐迫華皓。」（二）元豐二年〈罷徐州往南京馬上走筆寄子由五首〉:「吾生如寄耳，寧獨為此別。別離隨處有，悲惱緣愛結。」（三）元豐三年〈過淮〉:「吾生如寄耳，初不擇所適。但有魚與稻，生理已自畢。」（四）元祐元年〈和王晉卿〉:「吾生如寄耳，何者為禍福。不如兩相忘，昨夢那可逐。」（五）元祐五年〈次韻劉景文登介亭〉:「吾生如寄耳，寸晷輕尺玉」,「清游得三昧，至樂謝五欲。」（六）元祐七年〈送芝上人遊廬山〉:「吾生如寄耳，出處誰能必？」（七）元祐八年〈謝運使仲適座上，送王敏仲北使〉:「聚散一夢中，人北雁南翔。吾生如寄耳，送老天一方。」（八）紹聖四年〈和陶擬古九首〉:「吾生如寄耳，何者為吾廬？」「無問亦無答，吉凶兩何如？」（九）建中靖國元年〈鬱孤臺〉:「吾生如寄耳，嶺海亦閒游。」這九例作年從壯（四十二歲）到老（六十六歲），境遇有順有逆，反復使用，只能說明他感受的深刻。在他的其他詩詞中還有許多類似「人生如寄」的語句。見王水照：《蘇軾論稿》（臺北：萬卷樓圖書有限公司，1994 年 12 月），頁 75～76。

〔註 184〕蘇軾撰，龍榆生校箋：《東坡樂府箋》〈沁園春「孤館燈青」〉（臺北：華正書局，1983 年 8 月），卷 1，頁 58。

的高臺，抒寫詩人觀物心得的移情作用。抒發超脫物外的觀感，隨遇自適、隨緣自喜的「達」之觀點，文曰：

> 凡物皆有可觀。苟有可觀，皆有可樂，非必怪奇瑋麗者也。餔糟啜漓皆可以醉；果蔬草木皆可以飽。推此類也，吾安往而不樂。夫所為求福而辭禍者，以福可喜而禍可悲也。人之所欲無窮，而物之可以足吾欲者有盡，美惡之辨戰乎中，而去取之擇交乎前。則可樂者常少，而可悲者常多。是謂求禍而辭福。夫求禍而辭福，豈人之情也哉。物有以蓋之矣。彼遊於物之內，而不遊於物之外。物非有大小也，自其內而觀之，未有不高且大者也。彼挾其高大以臨我，則我常眩亂反覆，如隙中之觀鬬，又烏知勝負之所在。是以美惡橫生，而憂樂出焉，可不大哀乎！〔註 185〕

一開頭已然道出豁達的觀點，只因「凡物皆有可觀」，毫無牽扯、毫無芥蒂，敞開胸襟融合接納。不苛求豪奢，平淡地「餔糟啜漓」、「果蔬草木」足以溫飽，表示詩人到任何處所，都是恬淡安然的心境。跳脫既定的框架，即可游刃有餘地思索事物的真假、得失之辨，如此，即不致被迷眩昏亂，這就是蘇軾與眾不同的超然達觀的人生態度。

蘇軾對「達」之豁朗，是探索生命價值的一種超俗與提升。蘇軾一生的大起大落，難道就真的如此地豁達？不！觀其三貶之途，生活是越來越苦，經濟更不諱言，拮据窘迫。實境的苦，不得不逼向曠達之思，從喜→悲→曠的步驟〔註 186〕，反復交替，慢慢內蘊涵轉為「達」之情境。

第一次貶至黃州，不以謫居為苦，厭倦仕宦生活，反而樂喜其

〔註 185〕蘇軾：《蘇軾文集》〈超然臺記〉，卷 11，頁 351。

〔註 186〕蘇軾初到貶地的「喜」，實際上是故意提高對貶謫生活的期望值，藉以掙脫苦悶情緒的包圍，頗有佯作曠達的意味；只有經過實在的貶謫之悲的浸泡和過濾，也就是歷經人生大喜大悲的反復交替的體驗，纔領悟到人生的底蘊和真相，他的曠達性格纔日趨穩定和深刻，纔經得住外力的任何打擊。見王水照：《蘇軾研究》（北京：中華書局，2015 年 5 月），頁 87。

中。黃彩勤〈蘇軾黃州山水詩的心靈世界——歸隱情結的萌生與超曠胸懷的成型〉一文言：

> 蘇軾的超曠胸懷不是一種心如止水的死寂，也不是一種虛妄的自我偽裝，他是在經歷世事風波之後，逐漸成型的雍容氣度，既不否定現實人生，也不壓抑自己委曲求全，面對險峻的環境能履險如夷、安之若素；面對安逸的榮華能淡然處之、獨立清醒。〔註 187〕

經歷世事風波後，提煉而出的磊落超曠的襟懷，不否定也不壓抑，如實坦承面對，處之淡然，安之若命。如〈初到黃州〉詩云：

> 自笑平生為口忙，老來事業轉荒唐。長江繞郭知魚美，好竹連山覺筍香。逐客不妨員外置，詩人例作水曹郎。只慚無補絲毫事，尚費官家壓酒囊。〔註 188〕

黃州地域，三面繞長江又多茂竹，有鮮魚、有筍香，結合了視覺、嗅覺等形象，表示詩人遭貶對生活仍是憧憬、樂觀，反能自適其樂，隨緣自喜。在自然界中發現生活意趣，在逆境中尋找快樂。對自己自嘲平生是「為口忙」語帶雙關地暗指言事和寫詩而織罪，年邁了事業「轉荒唐」的自傷口吻。反思、檢閱過去的自己，雖有幾分牢騷感傷，卻不失其豁達、樂觀。

五年的黃州貶居，面對慘淡人生，任誰亦不忍卒睹，蘇軾用「達」之豁朗，敢於正視逆境。用神仙信仰立場迎接逆旅，可以「刦後五百年，騎鶴還故鄉。」〔註 189〕的任性逍遙。有穿花、踏月、飲酒的興致，如「少年辛苦真食蓼，老境安閑如啖蔗。饑寒未至且安居，憂患已空猶夢怕。」〔註 190〕蘇軾用步履閱覽一道道人生關卡，瀟灑曳杖於東坡道上，擲地鏗然的曳杖聲，豪邁曠達、清新超俗。

〔註 187〕黃彩勤：〈蘇軾黃州山水詩的心靈世界——歸隱情結的萌生與超曠胸懷的成型〉，《弘光人文社會學報》第 12 期（2010 年 5 月），頁 53。

〔註 188〕蘇軾：《蘇軾詩集》〈初到黃州〉，卷 20，頁 1031～1032。

〔註 189〕蘇軾：〈戲作種松〉，卷 20，頁 1028。

〔註 190〕蘇軾：《蘇軾詩集》〈次韻前篇〉，卷 20，頁 1034。

哲宗紹聖年間，第二、三次貶謫，蘇軾遭到史未料及的抨擊，再貶僻遠荒厲的嶺南、海南。南遷一路行來，調整心態，將悲情悲調降低，以神仙瀟灑幻遊之姿，再次挑戰，刻意提高快樂指數，才能轉化內心的抑鬱。過大庾嶺，寫出「今日嶺上行，身世永相忘。仙人拊我頂，結髮受長生。」〔註 191〕尋仙人足跡，營造仙境。到韶州，有「我本修行人，三世積精鍊。中間一念失，受此百年譴。」〔註 192〕暗示自己悽慘的遭遇，本是修行人，卻遭百年來的譴責。

英州的「我行畏人知，恐為仙者迎。小語輒響答，空山白雲驚。策杖歸去來，治具煩方平。」〔註 193〕清遠縣的「到處聚觀香案吏，此邦宜著玉堂仙。」〔註 194〕廣州的「已覺蒼涼蘇病骨，更煩沆瀣洗衰顏。忽驚烏動行人起，飛上千峰紫翠間。」〔註 195〕這些行旅蹤影，對年邁的詩人，應是體力上的負荷，但是蘇軾依舊敞開胸襟地道出「我行無遲速，攝衣步孱顏。」〔註 196〕既是迢迢貶途，行旅無遲速的計較，就把視覺上的享受寄託在自然風景，拋開俗塵雜念，如仙禽飛上千峰疊嶂間，做個快樂的仙人逍遙自在快樂。

當他千里迢迢來到惠州時，寓居合江樓，輕鬆道出「樓中老人日清新，天上豈有癡仙人。三山咫尺不歸去，一杯付與羅浮春。」〔註 197〕不但適應瘴煙霧雨的環境，甚至說：「人間何者非夢幻，南來萬里真良圖。」〔註 198〕以逆處順，轉個念頭，無執我、故我的觀念，隨遇而安，隨緣自適，以仙人道士修煉之道，不必煩憂寸田梨棗，只要掃除心中荊棘般的憂慮，自可澄清朗明。以吟詠神仙的信念，解脫

〔註 191〕蘇軾：《蘇軾詩集》〈過大庾嶺〉，卷 38，頁 2056。
〔註 192〕蘇軾：《蘇軾詩集》〈南華寺〉，卷 38，頁 2061。
〔註 193〕蘇軾：《蘇軾詩集》〈碧落洞〉，卷 38，頁 2061。
〔註 194〕蘇軾：《蘇軾詩集》〈舟行至清遠縣，見顧秀才，極談惠州風物之美〉，卷 38，頁 2064。
〔註 195〕蘇軾：《蘇軾詩集》〈浴日亭〉，卷 38，頁 2067。
〔註 196〕蘇軾：《蘇軾詩集》〈峽山寺〉，卷 38，頁 2063。
〔註 197〕蘇軾：《蘇軾詩集》〈寓居合江樓〉，卷 38，頁 2071～2072。
〔註 198〕蘇軾：《蘇軾詩集》〈四月十一日初食荔枝〉，卷 39，頁 2122。

煩惱愁緒，自有解決的途徑。惠州之後，再經淬鍊，人生低谷，再次浴火鳳凰，將「達」之精萃，推向更高層次意境，此刻的精、氣、神，絕然是超越與超俗的。

當他得知北歸無望，且再向南行，喪志地說出：「垂老投荒，無復生還之望。」〔註 199〕「何時得出此島耶」〔註 200〕等句。是時，蘇轍責化州別駕，雷州安置，聽聞蘇轍尚在藤州，作詩追及，云：「莫嫌瓊雷隔雲海，聖恩常許遙相望。平生學道真實意，豈與窮達俱存亡。」〔註 201〕此刻雖是厄運瀕臨，蘇軾樹立神仙思維的價值觀，調整好情緒，自己也開闊地認為「人生如朝露，意所樂則為之，何暇計議窮達。」〔註 202〕讓神仙理想，有新的審美價值，讓道家的窮達觀，影響其後的海南行。潛意識中同樣採四海一家、隨遇而安的處世原則。

蘇軾一心向道、慕道，只有學道求仙，才能安撫詩人南遷的低劣心情。神仙仙境的美好與人生意境，足以通匯融合。如此的體驗，讓詩人愈加篤信與企慕。他哀嘆世人為名利癡迷爭競，何不修煉養生、學道求仙，在過程中涵養出真正的「達」之豁朗超俗，活出生命的真諦。以「我是玉堂仙，謫來海南村。多生宿業盡，一氣中夜存。」〔註 203〕為題，昔日是翰林學士，如今遭貶海南。平生宿業殆盡，該學習《楚辭》中的秉一專神，心氣合於神，存養在尚未接觸到他物的夜氣裡。因子時夜氣，最得元氣之真神，必須是清靜以待物，然迫而後動。該以閑看輕鬆的態度，斂收放下仕進意圖。

蘇軾以淵明精神，笑看世間，在醉醒間有所選擇的差異性。詩人反觀己之行蹤似逐兒戲般，所到之處不是聚觀，便是毀譽相參的結果。如今遭謫貶，好壞誠如火，一把燃盡。因此要適情適性地隨緣處

〔註 199〕蘇軾：《蘇軾文集》〈與王敏仲十八首．十六〉，卷 56，頁 1695。
〔註 200〕蘇軾：《蘇軾佚文彙編》〈試筆自書〉，卷 5，頁 2549。
〔註 201〕蘇軾：〈吾謫海南，子由雷州，被命即行，了不相知，至梧乃聞其尚在藤也，旦夕當追及，作此詩示之〉，卷 41，頁 2244。
〔註 202〕蘇軾：《蘇軾文集》〈答陳師仲主簿書〉，卷 49，頁 1428。
〔註 203〕蘇軾：《蘇軾詩集》〈入寺〉，卷 41，頁 2283。

逆，善處窮達，縱浪地回歸自然，不與世俗爭奪取巧，就無負勞載之憂。蘇軾的神仙思想，順其自然，保真存一，讓他安然地適應環境，窮達以豁朗，圓通以脫俗，進退自如。

薛姍〈論蘇軾曠達與超脫的人生哲學〉一文指出：

> 蘇軾從自身經歷出發，通過對人生諸問題的深入思索，通過對儒、道、釋多種哲學思想的吸收整合，終於從理論哲學的高度找到了一種處世方式和人生追求，做到思想上的豁然洞達，而且更進一步有意識地造成一種淡泊寧靜的生活心態，從感情上接受並從心理上保證這種人生追求在實際生活中的有效實現。〔註 204〕

又黃建華〈蘇軾與士大夫趣味〉一文，言：

> 蘇軾用他的全部作品全部經歷告訴我們，藝術，從詩詞文章書畫園藝茶葉荔枝肉竹棋酒到江海山林，人情，包括朋友兄弟夫婦及紅顏知己，就是他生活的主要內容和生命的兩大寄託。失去了政治方向的蘇軾又在審美領域找到了生命的意義。〔註 205〕

蘇軾用生命活出真諦，大起大落的經歷，練就一身的真本領。淡泊寧靜的心態，適應頑強，即便垂暮之年，雖有失意，仍能剛強地挺立。有了神仙信仰的依歸，讓他變得氣定神閑，風雨不能催，安時處順、曠達窮通，樂觀地道出「九死南荒吾不恨，茲游奇絕冠平生。」〔註 206〕終究生命、生活是真實的，因為「神仙知在何處，富貴非吾志。」〔註 207〕「醉鄉路穩不妨行，但人生，要適情耳。」〔註 208〕尋

〔註 204〕薛姍：〈論蘇軾曠達與超脫的人生哲學〉，《文化論壇》第 5 期（2014 年），頁 322。

〔註 205〕黃建華：〈蘇軾與士大夫趣味〉，《上海大學學報（社會科學版）》第 9 卷第 5 期（2002 年 9 月），頁 23。

〔註 206〕蘇軾：《蘇軾詩集》〈六月二十日夜渡海〉，卷 43，頁 2367。

〔註 207〕蘇軾撰，龍榆生校箋：《東坡樂府箋》〈哨徧「為米折腰」〉（臺北：華正書局，1983 年 8 月），卷 2，頁 146。

〔註 208〕蘇軾撰，龍榆生校箋：《東坡樂府箋》〈哨徧「睡起畫堂」〉（臺北：華正書局，1983 年 8 月），卷 3，頁 289。

仙、求仙為的是延續生命寬廣度，不必過求熙熙攘攘，且富貴非所志。蘇軾用以「天涯何處無芳草」〔註209〕的一種曠達之思，了悟屈原《離騷》的精神，把貶謫當成是遠遊，轉換心情。〔註210〕人生就是學習曠達、適情，才能逍遙自在快樂。

蘇軾用以「生命學問」〔註211〕處之順逆，曠達心性的思維，思索生命中真正的價值與意義，以虛靜窮達的物我相忘，超脫得失意念，這樣情操涵養，理出一套悠游自適的模式，存全自己的真實生命，不受外物羈絆。蘇軾以圓融智慧舒展奔馳，這就是經典的蘇軾風格。

第三節　文學價值的肯定

蘇軾繼歐陽脩之後，成為北宋文壇領袖。宋代詩歌「變化於唐，而出其所自得，皮毛落盡，精神獨存」〔註212〕從唐風變革，精神獨存獨創，具備了不同於唐調，到蘇軾才是真正完備了宋詩格調。清朱庭珍《筱園詩話》對蘇軾詩歌成就，如是說：

〔註209〕蘇軾撰，龍榆生校箋：《東坡樂府箋》〈蝶戀花「花褪殘紅青杏小」〉（臺北：華正書局，1983年8月），卷3，頁347。

〔註210〕「天涯何處無芳草」也是作者南遷途中真實的感受和體悟。他渡黃河、過長江，走江西、經虔州，越大庾……遊歷了祖國的大好河山，覽幽探勝，尤其嶺南的奇絕風景更是撫慰了作者，並拓開了他的視野，使他寫下許多紀游的篇章，「真是江山萬里相助，雄奇大筆生雲煙」（《儋州志》）嶺南的不少山水經蘇軾的品題，至今成為遊覽勝地。參見吳帆，李海帆：〈含激憤於婀娜之中，寄妙理於曠達之外——析《蝶戀花》探索蘇軾謫惠前後的心路歷程〉，《惠州學院學報（社會科學版）》第22卷第5期（2002年10月），頁53。

〔註211〕「『生命的學問』講人生的方向，是人類最切身的問題，所以客觀一點說，我們絕對不應忽略或者輕視這種學問的價值。中國人『生命的學問』的中心就是心和性，因此可以稱為心性之學。」參見牟宗三：《中國哲學的特質》（臺北：臺灣學生書局有限公司，2009年12月），頁111。

〔註212〕（清）吳之振、呂留良、吳自牧選，（清）管庭芬、蔣光煦補：《宋詩鈔》（北京：中華書局，1996年2月），頁3。

> 至東坡則天仙化人，飛行絕迹，變盡唐人面目，另闢門戶，敏妙超脫，巧奪天工，在宋人中獨為大宗。〔註 213〕

蘇詩能飛行絕跡，巧奪天工；能天仙化人，敏妙超脫，變化新奇。格局之大，善於相容並蓄，無意不可入，無事不可言，「出新意於法度之中，寄妙理於豪放之外。」〔註 214〕風貌是多元面向，包羅萬象，是「譬之銅鐵鉛錫，一經其陶鑄，皆成精金。」〔註 215〕蘇軾詩歌作品參有神仙信仰，尤以順應時代潮流，嚮往神仙，崇道求仙，煉丹養生，並求延年益壽之術。

一、真情性書寫的擴展

蘇軾思想是多元複雜，雜揉各家精粹，《中國文學發展史》云：

> 他有儒家的底子，積極的人生態度，他又愛老、莊，愛陶淵明，並且也歡喜佛經道藏，常與和尚道士們交遊，風流儒雅，飲酒酣歌。他熱愛人生，也熱愛藝術。他在政治上受了種種的挫折，但他善於解脫，使他在許多痛苦悲傷中得到人生意義的悟解。因此他雖是熱情，而不流於狂放；他雖愛自由高蹈，而不趨於厭世避世。他有他的世界，有他的人生觀，他能夠獨立自存，而不沉溺於苦惱。〔註 216〕

思想薈萃於儒釋道，又晚喜於陶淵明的質樸平淡。另交遊廣闊，也開展己之視窗，生活雖重重受挫，倒也能相安無事，因他善於解脫、善於釋放。將內斂的心靈寄託在文學情性的書寫，一則抒發、另一釋壓。

蘇軾詩歌精神，蘊育於豐富生活的淬礪，透過自己真實的描述，

〔註 213〕（清）朱庭珍著，《續修四庫全書》編纂委員會，復旦大學圖書館古籍部編：《筱園詩話》《續修四庫全書》（上海：上海古籍出版社，2003 年 5 月），卷 1，頁 4。

〔註 214〕蘇軾：《蘇軾文集》〈書吳道子畫後〉，卷 70，頁 2210～2211。

〔註 215〕（清）葉燮著，霍松林校注：《原詩．外篇》（北京：人民文學出版社，1998 年 5 月），卷上，頁 51。

〔註 216〕華正書局編輯部：《校訂本中國文學發展史》（臺北：華正書局，1982 年 5 月），頁 661。

反映當世政局的詭譎，藉由他的眼觀察各方風土民情，透過他的雙足走遍壯麗山河，覽盡美畫如詩的山水，這些真實的體驗，反映在詩境上，如行雲流水般地舒卷自如，形成蘇軾文學藝術的獨特風格。

蘇軾詩歌之文學價值，與自身的主觀條件有關，諸如對政治態度、對人生觀點、對社會變遷中己之心態，以及周遭人事物的感受，觀察細微，深刻地體悟人生真意，展現出寬容人格。透過文學的書寫，流露至情至性的文化性格。清趙翼《甌北詩話》云：

> 東坡隨物賦形，信筆揮灑，不拘一格，故雖瀾翻不窮，而不見有矜心作意之處。……且坡使事處，隨其意之所之，自有書卷供其驅駕，故無捃摭痕跡。〔註217〕

蘇軾的文采是信筆拈來，揮灑自如，不拘格套翻騰不窮，常隨其意之所往，左右逢源，心中自有泉源汩之，供其驅駕不歇。曾言：「大略如行雲流水，初無定質，但常行於所當行，常止於所不可不止，文理自然，姿態橫生。」〔註218〕證明其文理，從初無定質到斐然天成，變化多方的橫生姿態。

然探討蘇軾真情性的文學擴展，需從幾方面觀察，爬梳並理出與神仙吟詠相關的詩歌脈絡，一為兄弟手足情深，二為家國濟世情懷，三為理達、事達、情達之生命統合，綜論其如何以多變的文筆，奠定以吟詠神仙為基軸，影射出時代性，並影響後世書寫神仙文學地位的價值與肯定。

（一）兄弟之手足情深

北宋文壇兄弟蘇軾、蘇轍二人，最負盛名。仁宗嘉祐元年（1056）隨父蘇洵進京應試，「是歲始舉進士，至京師。」〔註219〕次年，旋丁

〔註217〕（清）趙翼撰：《甌北詩話．黃山谷詩》（臺北：廣文書局，1991年3月），卷11，頁6。

〔註218〕蘇軾：《蘇軾文集》〈與謝民師推官書〉，卷49，頁1418。

〔註219〕（宋）施宿編撰，見四川大學中文系唐宋文學研究室：《東坡先生年譜》《蘇軾資料彙編．下編》（北京：中華書局，2004年1月），頁1648。

母憂，歸蜀。嘉祐六年（1061），「先生試秘閣六論合格；御試策，入三等，授大理評事簽書鳳翔府節度判官廳事。國朝試科目常在八月中旬，時子由將就試，忽感疾臥病，自料不能及矣，韓忠獻知之，為奏曰：今歲制科之士，惟蘇試、蘇轍最有聲望，今聞蘇轍偶疾未可試，如此人兄弟中一人不得就試，甚非眾望，欲展限以俟。上許之。」〔註 220〕足見當時兄弟倆的名聲是備受朝臣重視。

嘉祐六年（1061）十一月，「先生在鳳翔」〔註 221〕。蘇轍自京師相送，直至鄭州西門外。第一次兄弟分別，蘇軾別後，寫了〈辛丑十一月十九日，既與子由別於鄭州西門之外，馬上賦詩一篇寄之〉，詩云：

> 不飲胡為醉兀兀，此心已逐歸鞍發。歸人猶自念庭闈，今我何以慰寂寞！登高回首坡壠隔，但見烏帽出復沒。苦寒念爾衣裘薄，獨騎瘦馬踏殘月。路人行歌居人樂，童僕怪我苦悽惻。亦知人生要有別，但恐歲月去飄忽。寒燈相對記疇昔，夜雨何時聽蕭瑟。君知此意不可忘，慎勿苦愛高官職。〔註 222〕

人生情境最難過的莫過於傷離別。兄弟即將遠別，「登高回首坡壠隔，但見烏帽出復沒。」寫出弟轍漸行漸遠的身影。不禁嘆道：「亦知人生要有別，但恐歲月去飄忽。」他知道迢迢路遠，兄弟能否再聚首？未來是難臆測的。因此用不飲而醉來發端，書寫別情戚戚。只盼望能相會，即便是「寒燈相對記疇昔」也好，盼的就是「此意不可忘」，早日有機會閒居，兄弟倆再一起相約隱退，不被士林苑囿，一起享受閑居之樂。蘇軾期待的是與弟轍相約，能實踐夜雨對牀，傾心相談的默契。但現實環境，卻一次次地摧殘兄弟相會的機會，愈是如此，詩人愈用詩歌吟詠的方式，寄託兄弟手足情深。

兄弟倆經鄭州西門別後，蘇轍想到蘇軾西去，會經過澠池舊遊之

〔註 220〕（宋）施宿編撰，見四川大學中文系唐宋文學研究室：《東坡先生年譜》，頁 1649～1650。

〔註 221〕（宋）施宿編撰，見四川大學中文系唐宋文學研究室：《東坡先生年譜》，頁 1650。

〔註 222〕蘇軾：《蘇軾詩集》〈辛丑十一月十九日，既與子由別於鄭州西門之外，馬上賦詩一篇寄之〉，卷 3，頁 95～96。

地，於是寫了一首〈懷黽池寄子瞻詩〉，蘇軾步其原韻，和詩回應。寫〈和子由澠池懷舊〉詩，云：

> 人生到處知何似，應似飛鴻踏雪泥。泥上偶然留指爪，鴻飛那復計東西。老僧已成新塔，壞壁無由見舊題。往日崎嶇還記否，路長人困蹇驢嘶。〔註 223〕

此詩崇道思想甚濃，耐人尋味。魏慶之《詩人玉屑》言：「子瞻作詩，善於譬喻。」〔註 224〕蘇軾寫詩，縱橫變化不拘一格，氣勢如「凌空如天馬，游戲如飛仙。」〔註 225〕以飛馬、飛仙之姿，無可捉摸，這就是詩人本色。弟轍〈懷黽池寄子瞻兄〉以別意懷舊為軸，然蘇軾〈和子由澠池懷舊〉超越了「別」意，讓別境氛圍更勝一籌。

「人生到處知何似」等四句道出了人生如寄，倏忽而過的荏苒時光，任憑誰也無法掌握。將兄弟聚散，放置人生的框架中，外在因素就是他們倆仕途之旅，起伏交織。以譬喻手法表示，這就已超越了「別」意與「別」情，手法是舒卷自如。用「似」、「飛鴻踏雪泥」呼應弟轍的「共道長途怕雪泥」〔註 226〕，昆仲默契情誼，何需明示，已於字句詩意彰顯。趙齊平《宋詩臆說》，對此詩評論是：

> 「雪泥鴻爪」的著名譬喻，表述了他對於飄泊人生的一種理解和見解。「人生到處知何似」一句，便起得超雋，起得飄忽。尤其是以提問發端，更彷彿屈原、李白站立高山之巔，憂愁幽思，感極生悲，舉手向天，大聲呼號，要把宇宙眾生的一切通通來個追本溯源、尋根究底。其有浪漫主義氣質的詩人，大抵如此。〔註 227〕

詩人的理解和見解，透析人生飄泊的一種無可奈何，卻又不得不勇敢

〔註 223〕蘇軾：《蘇軾詩集》〈和子由澠池懷舊〉，卷 3，頁 96～97。

〔註 224〕（宋）魏慶之：《詩人玉屑》，頁 313。

〔註 225〕（清）葉燮：《原詩．外篇》，卷上，頁 50。

〔註 226〕蘇轍著，陳宏天、高秀芳點校：《蘇轍集．欒城集》〈懷黽池寄子瞻兄〉（北京：中華書局，1999 年 7 月），卷 1，頁 12。

〔註 227〕趙齊平：《宋詩臆說》（北京：北京大學出版社，1996 年 7 月），頁 158。

地逆旅迎之。於是，再進一步地用「偶然」這樣無常性、無規則的地說著「泥上留指爪」，就留給有規律性的飛鴻，盼能留下些許痕跡東西。但是飛鴻振翅飛行，自己也無從目標，更不會留下任何痕跡的。看看自然界的飛禽動向，反觀己身處境，莫不如此。置身在紅塵滾滾的世網，瞬息萬變，倏然消逝無影。世事如此，人生亦是，以巧妙譬喻手法，表達人生即便是偶然，順應自然，則可減少摩擦、減少不悅，以此別情意味，勸勉寬慰弟轍。

對蘇軾而言，今日的「獨遊」，當然少了「佳味」。鄭州西門相別，一往東還，一往西去，還真的成為「鴻飛那復計東西」的結果。最後以「往日崎嶇還記否，路長人困蹇驢嘶。」作結。蘇軾將「往日崎嶇」從原本很單純的出川時，所走的崎嶇道路，意涵到仕途的崎嶇險厄，也投射至人生路程的艱辛飄泊。整首詩讀來，詩境中感慨人生的淒戚，低沈之中不失昂揚，將眷戀不已的親情，栩栩呈現。

此詩為蘇軾兄弟倆著名的唱和詩，千古傳誦不已的佳篇，意境超曠恣逸，不失東坡本色。這樣豁達明朗的人生態度，且參酌神仙信仰的立場與支持，讓詩人得以一關關地迎向逆旅而不被擊潰，反而更顯堅拔篤定。

宋代崇道風氣熾盛，蘇軾、蘇轍也在這樣崇道時代的風氣使然。追求嚮往神仙，煉丹養氣。蘇轍煉丹養氣甚於蘇軾，蘇轍〈養生金丹訣〉云：

> 養生有內外。精氣，內也，非金石所能堅凝。四支、百骸，外也，非精氣所能變化。欲事內，必調養精氣，極而後內丹成，內丹成，則不能死矣。然隱居人間久之，或託尸假而去，求變化輕舉，不可得也。蓋四大，本外物和合而成，非精氣所能易也。惟外丹成，然後可以點瓦礫，化皮骨，飛行無礙矣。然內丹未成，內無以受之，則服外丹者多死，譬積枯草弊絮而寘火其下，無不焚者。〔註228〕

〔註228〕蘇轍撰，俞宗憲點校，《龍川略志．龍川別志》〈養生金丹訣〉（北京：中華書局，1997年12月），卷1，頁3。

蘇轍重視練氣養生，認為「精氣，內也，非金石所能堅凝。」強調內丹修煉。蘇轍個性寡言沉穩，內斂冷靜。《宋史．蘇轍傳》言：「轍與兄進退出處，無不相同，患難之中，友愛彌篤，無少怨尤，近古罕見。」〔註 229〕沉穩的性質，學道練氣即能持之以恆而有所成。蘇軾對蘇轍形貌的描述，在〈子由真贊〉云：「心是道人，形是農夫。誤入廊廟，還即里閭。秋稼登場，社酒盈壺。頹然一醉，終日如愚。」〔註 230〕將蘇轍形神之貌，形容巧妙。沉穩寡言如愚，適合修煉、修道作為。蘇轍之學道練氣，無非是要調養身體。

蘇轍早歲體弱多病，正好給他有學道練氣的契機；而蘇軾的早年學道求仙的動機，是他明白江山更迭，自然萬物必有其理存焉，人生如寄的幻滅，總是令人唏嘘，只有尋得求仙學道一途，才能平衡世間的崎嶇路。當蘇軾在鳳翔時，與弟轍的唱和詩，就充滿著神仙吟詠的思緒，寫下〈次韻子由以詩見報編禮公，借雷琴，記舊曲〉云：「應有仙人依樹聽，空教瘦鶴舞風騫。誰知千里溪堂夜，時引驚猿撼竹軒。」〔註 231〕兄弟倆早早相約歸退之思，當子由彈琴時，想像應該有仙人傍樹聆聽這樣的人間仙樂。

蘇軾兄弟倆能相聚首的機會並不多。神宗熙寧十年（1077），兩兄弟好不容易聚首於徐州。蘇軾與弟轍會於逍遙堂，停留百餘日，有和詩言：

> 別期漸近不堪聞，風雨蕭蕭已斷魂。猶勝相逢不相識，形容變盡語音存。〔註 232〕

〔註 229〕（元）脫脫等修撰，楊家駱主編：《新校本宋史並附編三種》〈列傳第九十八．蘇轍〉（臺北：鼎文書局，1983 年 11 月），卷 339，頁 10837。

〔註 230〕蘇軾撰：《蘇軾文集．蘇軾佚文彙編》（北京：中華書局，2013 年 7 月），卷 1，頁 2422。

〔註 231〕蘇軾：《蘇軾詩集》〈次韻子由以詩見報編禮公，借雷琴，記舊曲〉，卷 4，頁 173。

〔註 232〕蘇軾：《蘇軾詩集》〈子由將赴南都，與余會宿於逍遙堂，作兩絕句。讀之殆不可為懷，因和其詩以自解。余觀子由，自少曠達，天資近

回應子由原詩：

> 逍遙堂後千尋木，長送中宵風雨聲，誤喜對床尋舊約，不知飄泊在彭城。〔註233〕

先前兩人相約早退，欲尋閑居之樂的誓約。蘇軾為鳳翔幕府時，留詩別曰：「夜雨何時聽蕭瑟」〔註234〕後蘇軾至餘杭，復移守膠西，蘇轍卻滯留睢陽、濟南。徐州相會，既享天倫，又得自弟轍傳授養生得道之法，對蘇軾煉丹養氣相當有幫助。

徐州之會，另一詩作有〈和子由送將官梁左藏仲通〉：

> 雨足誰言春麥短，城堅不怕秋濤卷。日長惟有睡相宜，半脫紗巾落紈扇。芳草不鋤當戶長，珍禽獨下無人見。覺來身世都是夢，坐久枕痕猶著面。城西忽報故人來，急掃風軒炊麥飯。伏波論兵初矍鑠，中散談仙更清遠。南都從事亦學道，不惜腸空誇腦滿。問羊他日到金華，應許相將遊閬苑。〔註235〕

「覺來身世都是夢，坐久枕痕猶著面。」一語，訴盡官場文化猶如夢一場。一覺夢醒，枕痕滿面，現實乃顛仆不已。又言：「南都從事亦學道，不惜腸空誇腦滿。問羊他日到金華，應許相將遊閬苑。」學學子由在南都學道的精神，煉氣養生，閉息讓腦筋清靜，無為無欲進入修煉情境。要不死、不老，需煉就一身的腸中無渣、還精補腦的凝神境界。蘇軾自註曰：「黃初平之兄，尋其弟於金華山。」〔註236〕引用葛洪《神仙傳》皇初平好道成仙，牧羊四十載，其兄尋獲得見，問羊何在？回答在山東，遽往視之，但見白石壘壘，後皇初平叱叱言

道，又得至人養生長年之訣，而余亦竊聞其一二。以為今者宦游相別之日淺，而異時退休相從之日長。既以自解，且以慰子由云·其一〉，卷15，頁745～746。

〔註233〕蘇轍著，陳宏天、高秀芳點校：《蘇轍集·欒城集》〈逍遙堂會宿二首并引〉（北京：中華書局，1999年7月），卷7，頁128。

〔註234〕蘇軾：〈辛丑十一月十九日，既與子由別於鄭州西門之外，馬上賦詩一篇寄之〉，卷3，頁95～96。

〔註235〕蘇軾：《蘇軾詩集》〈和子由送將官梁左藏仲通〉，卷16，頁826。

〔註236〕蘇軾：《蘇軾詩集》，卷16，頁826。

羊起，白石皆變羊數的神仙故事。〔註237〕蘇軾藉由《神仙傳》中皇初起、皇初平兄弟倆，好道求仙的故事，是否他倆兄弟亦能如此！求仙以成道，相約應許往遊至西王母所居的閬風之苑。因此，徐州的昆仲之會，短暫的聚首，蘇轍對蘇軾煉氣學道的引導，確是助益不少。

兄弟倆只要在一起，必有共同參與崇道的活動，及與道士往來。如元祐汴京時期，與成都道士蹇拱辰交遊。蘇軾曾為其書寫《黃庭經》，贈與之，當蹇道士遊廬山，賦詩云：「晚識此道師，似有宿世情。笑指北山雲，訶我不歸耕。仙人漢陰馬，微服方地行。咫尺不往見，煩子通姓名。願持空手去，獨控橫江鯨。」〔註238〕兩人好的宿世情誼，就像《神仙傳》中陰長生侍奉馬明生般，陰長生被授以《太清金液神丹》，合丹服半劑，不立即昇天，贈黃金佈施天下窮乏者，後周行天下的神仙事蹟。〔註239〕同時，蘇轍也寫了〈送葆光蹇師遊廬山〉云：「告我入室要自門，仙翁道師豈遺君。歸來插足九陌塵，獨遊凝祥芳草春。蕭然孤鶴鳴雞羣，子欲不死存谷神。海山微明朝日暾，丹成寄子勿妄云。出入無朕窮無垠，相思一笑君乃信。」〔註240〕呼應兄軾〈留別蹇道士拱辰〉的隨仙乘化而去的詩境。

蘇轍之所以煉氣養生，和幼小體弱多病，脾肺不佳有關。所以蘇軾對弟轍的身體相當關注。神宗元豐四年（1081），子由肺疾復發，寫了〈次韻子由病酒肺疾發〉一詩，云：

〔註237〕（晉）葛洪：《神仙傳》，卷6，頁6～7。

〔註238〕蘇軾：《蘇軾詩集》〈留別蹇道士拱辰〉，卷33，頁1765。

〔註239〕葛洪《神仙傳》：「明生哀其語而告之曰：『子真是能得道者也。』乃將長生入青城山，煮黃土而為金以示之，立壇歃血，即日以《太清金液神丹》授之。……於是長生入武當山石室中，合丹先服半劑，不即昇天，而大作黃金數萬斤，以佈施天下窮乏，不問識與不識者。周行天下，不與妻息相隨，舉門皆壽。」見（晉）葛洪：《神仙傳》，卷4，頁5。

〔註240〕蘇轍著，陳宏天、高秀芳點校：《蘇轍集．欒城集》〈送葆光蹇師遊廬山〉（北京：中華書局，1999年7月），卷16，頁306。

憶子少年時，肺病疲坐臥。喊呀或終日，勢若風雨過。虛陽作浮漲，客冷仍下墮。妻孥恐悵望，膾炙不登坐。終年禁晚食，半夜發清餓。胃強鬲苦滿，肺斂腹輒破。三彭恣啖嚙，二豎肯逋播。寸田可治生，誰勸耕黃糯。探懷得真藥，不待君臣佐。初如雪花積，漸作櫻珠大。隔牆聞三嚥，隱隱如轉磨。自茲失故疾，陽唱陰輒和。神仙多歷試，中路或坎坷。平生不盡器，痛飲知無奈。舊人眼看盡，老伴餘幾箇。殘年一斗粟，待子同舂簸。云何不自珍，醉病又一挫。真源結梨棗，世味等糠莝。耕耘當待穫，願子勤自課。相將賦《遠遊》，仙語不用些。〔註 241〕

病容中的子由是「虛陽作浮漲，客冷仍下墮。」、「胃強鬲苦滿，肺斂腹輒破。」撕肝徹肺地不適，心疼並慰勉，多練習寸田治生的煉氣方法，治病之藥採多佐，再用唾液漱法，可降低疼痛。蘇轍既是學道之人，應黯知清明之極，丹元可成，坎離乃交，梨棗及成之理。所以蘇軾說出「真源結梨棗，世味等糠莝。耕耘當待獲，願子勤自課。相將賦遠遊，仙語不用些。」多練練氣功，將體內毒素排出。

又哲宗紹聖四年（1097），蘇軾遠謫至海南儋州，聽聞子由消瘦，寫了〈聞子由瘦〉詩云：

五日一見花豬肉，十日一遇黃雞粥。土人頓頓食藷芋，薦以薰鼠燒蝙蝠。舊聞蜜唧嘗嘔吐，稍近蝦蟇緣習俗。十年京國厭肥羜，日日烝花壓紅玉。從來此腹負將軍，今者固宜安脫粟。人言天下無正味，蝍蛆未遽賢麋鹿。海康別駕復何為，帽寬帶落驚僮僕。相看會作兩臞仙，還鄉定可騎黃鵠。〔註 242〕

蘇軾自註曰：「儋耳至難得肉食」〔註 243〕。蘇軾安慰當時責授雷州別駕的子由，在儋州當地土著以藷芋、薰鼠、燒蝙蝠為食，好不容易可看到花豬肉、黃雞等肉食。憶及昔日的錦衣玉食，對照今日兄弟倆各

〔註 241〕蘇軾：《蘇軾詩集》〈次韻子由病酒肺疾發〉，卷 20，頁 1062。
〔註 242〕蘇軾：《蘇軾詩集》〈聞子由瘦〉，卷 41，頁 2257～2258。
〔註 243〕蘇軾：《蘇軾詩集》，卷 41，頁 2257～2258。

自遠謫荒鄉僻地，不禁唏噓地說：「十年京國厭肥羜，日日烝花壓紅玉。從來此腹負將軍，今者固宜安脫粟。」今昔境遇對比。蘇軾用曠達思維，豪邁地說出「人言天下無正味，蝍蛆未遽賢麋鹿。」一語，典引莊子《齊物論》中：「民食芻豢，麋鹿食薦，蝍蛆甘帶，鴟鴉耆鼠，四者孰知正味。」〔註 244〕就像蜈蚣吃蛇腦，沒有比麋鹿吃草來得更好，所以世間並無真正可口的美味。但是聽聞子由「帽寬帶落驚僮僕」消瘦的樣貌，卻用戲謔的口吻，寫出「相看會作兩臞仙，還鄉定可騎黃鵠。」消遣子由臞瘦似仙，還可騎仙鶴歸鄉的形象。既詼諧又灑脫地以神仙吟詠的表達方式，道出昆仲情誼以及兩人顛簸的人生境況。

蘇軾、蘇轍昆仲情深，儘管各自命運相異，但相互關懷，心繫彼此，未曾因時空錯落而阻隔。兄弟倆「患難之中，友愛彌篤，無少怨尤，近古罕見。」〔註 245〕應是最佳的註解。無論何地，千里共嬋娟的情思，能共用閑居之樂，應是蘇軾最期待之事。兩人傳奇事略，偉特的一生，同源眉山文化，一齊登第進士、一起同登仕途，崇道學道求仙，大抵一致。蘇轍〈亡兄子瞻端明墓誌銘〉深情地述說：「撫我則兄，誨我則師。」〔註 246〕亦師亦友的情誼牽絆，兜攏一生。蘇軾在〈書子由超然臺賦後〉亦提到：「子由之文，詞理精確，有不及吾，而體氣高妙，吾所不及。雖各欲以此自勉，而天資所短，終莫能脫。」〔註 247〕兄弟文格，一為詞理精確；一為體氣高妙，各有千秋，難分軒輊。故而兩人才德相當，在宋代政壇、文壇，均留下千古傳誦的佳話。

（二）家國之濟世情懷

〔註 244〕（清）郭慶藩編：〈齊物論第二〉，卷 1 下，頁 93。
〔註 245〕（元）脫脫等修撰，楊家駱主編：《新校本宋史並附編三種》，卷 339，頁 10837。
〔註 246〕蘇轍：〈亡兄子瞻端明墓誌銘〉，卷 22，頁 1128。
〔註 247〕蘇軾：《蘇軾文集》〈書子由超然臺賦後〉，卷 66，頁 2059。

蘇軾的年代，正是北宋積貧積弱的局勢，內有黨禍紛擾，外有夷狄侵逼，加上新法改革，引發社會不安的危機。這些內外兼憂的政治、軍事、經濟等朝政問題，讓有志革新之士，針對時弊而興發詩文論政之潮，一改世俗奇澀文風之流。

蘇軾幼受儒教薰陶，深知士子身負國家重任之責，故其議論政事精明，器識遠瞻卓絡，對家國之情克盡職責，他自稱「遇事有可尊主澤民者，便忘軀為之，禍福得喪，付與造物。」〔註 248〕只要是忠君澤民之事，總是不虞遺力親力而為。當歷朝皇帝思及變革，抑或保守之策，蘇軾儼然能從變與不變中，體悟到天地運行的自然之理，「流水不腐，用器不蠹，故君子莊敬日強，安肆日媮。強則日長，媮則日消。」〔註 249〕君子宜莊敬自強，不宜安肆苟媮，就是一種超越存在物我的矛盾，是積進地付諸效力的行動。

蘇軾認為詩歌的作用，不單只是呈現個人的思想，更應具備「有為」之功用性質，曰：「詩須要有為而作，用事當以故為新，以俗為雅。」〔註 250〕創作目的，在於有為，需「其意、其辭、其句，劈空而起，皆自無而有，隨在取之於心。」〔註 251〕經過己之思慮，隨取於心，轉化務新求變，不落窠臼。他將作詩的原則，延展至家國濟世的懷抱，政治理念的積極作為。如〈乞郡劄子〉曰：「其後臣屢論事，未蒙施行，乃復作為詩文，寓物托諷，庶幾流傳上達，感悟聖意。」〔註 252〕就以詩歌的寓物托諷作用，做到下情上達的功用。

〔註 248〕蘇軾：《蘇軾文集》〈與李公擇十七首・十一〉，卷 51，頁 1500。

〔註 249〕《蘇氏易傳》:「《象》曰：天行健，君子以自強不息。夫天，豈以「剛」故能「健」哉！以「不息」故「健」也。流水不腐，用器不蠹，故君子莊敬日強，安肆日媮。強則日長，媮則日消。」蘇軾撰，嚴一萍選輯：《蘇氏易傳》(臺北：藝文印書館，1965 年，原刻景印《百部叢書集成》學津討原本影印)，卷之一，頁 5。

〔註 250〕蘇軾：《蘇軾文集》〈題柳子厚詩二首〉，卷 67，頁 2109。

〔註 251〕（清）葉燮著，霍松林校注：《原詩・內篇》(北京：人民文學出版社，1998 年 5 月)，卷上，頁 5。

〔註 252〕蘇軾：《蘇軾文集》〈乞郡劄子〉，卷 29，頁 829。

蘇軾嘆蝗災帶給人民生活不便及苦痛，而新法中的方田均稅之不公，更甚於蝗災，〈捕蝗至浮雲嶺山行疲苦有懷子由弟二首〉其一詩，道出：

> 西來煙陣塞空虛，灑遍秋田雨不如。新法清平那有此，老身窮苦自招渠。無人可訴烏銜肉，憶弟難憑犬寄書。自笑迂踈皆此類，區區猶欲理蝗餘。〔註253〕

熙寧七年（1074），京城以東因乾旱鬧蝗災，「餘波及於淮浙」〔註254〕而地方惡吏卻言蝗不為災，瞞上的隱情。蘇軾因捕蝗至浮雲嶺，作此二詩寄給弟轍。此首，寫捕蝗感受。蝗災嚴重情況「西來煙陣塞空虛，灑遍秋田雨不如」漫天鋪地啃食農糧，連秋田急雨，也比不上蝗蟲密佈。蘇軾將其見聞，提出蝗災嚴重的現況，駁斥惡吏之言：「使蝗果為民除草，民將祝而來之，豈忍殺乎？」〔註255〕這般地虛掩災情。他為民競走，揶揄惡吏吹捧新法的好，帶給人民福祉。蘇軾反問新法真如此好，何來蝗災？故詩人用自嘲之語，只能說說自己窮苦是自招來的。

蘇軾凡事替百姓著想，解決蝗災問題時，愈加想念家人，尤其與弟轍山川隔阻之遙。以「烏銜肉」〔註256〕、「犬附書」〔註257〕引用黃

〔註253〕蘇軾：《蘇東坡全集》〈捕蝗至浮雲嶺山行疲苦有懷子由弟二首．其一〉（臺北：世界書局，1998年6月），卷6，頁66。

〔註254〕蘇軾：《蘇軾文集》〈上韓丞相論災傷手實書〉，卷48，頁1396。

〔註255〕蘇軾：《蘇軾文集》，卷48，頁1396。

〔註256〕《漢書．循吏傳．黃霸》：「嘗欲有所司察，擇長年廉吏遣行，屬令周密。吏出，不敢舍郵亭，食於道旁，烏攫其肉。民有欲詣府口言事者適見之，霸與語道此。後日吏還謁霸，霸見迎勞之，曰：『甚苦！食於道旁乃為烏所盜肉。』吏大驚，以霸具知其起居，所問豪氂不敢有所隱。」（漢）班固著，楊家駱主編：《新校本漢書並附編二種》〈循吏傳第五十九．黃霸〉（臺北：鼎文書局，1983年10月），卷89，頁3630。

〔註257〕《晉書．陸機傳》：「初機有駿犬，名曰黃耳，甚愛之。既而羇寓京師，久無家問，笑語犬曰：『我家絕無書信，汝能齎書取消息不？』犬搖尾作聲。機乃為書以竹筒盛之而繫其頸，犬尋路南走，遂至其家，得報還洛。其後因以為常。」（唐）房玄齡等撰，楊家駱主編：

霸、陸機的典故，說明捕蝗賑災時的餐風露宿，說出為吏的辛苦。抱怨歸抱怨，治蝗災工作仍要著行，克盡職守做好「區區猶欲理蝗餘」，這種為民付出服務，就是詩人濟世的情懷，付諸在文學的創作中，更顯其高貴真誠的人格魅力。

蘇軾相當關心邊防邑境戰情，尤其被貶謫至黃州時期，為西北戰勝而歡欣鼓舞，觥籌相慶，寫了兩首詩：

> 元豐四年十二月二十二日，謁王文父於江南。坐上，得陳季常書報：是月四日，種諤領兵深入，破殺西夏六萬餘人，獲馬五千匹。眾喜忭唱樂，各飲一巨觥。
> 聞說官軍取乞誾，將軍旂鼓捷如神。故知無定河邊柳，得共中原雪絮春。〔註258〕

> 漢家將軍一丈佛，詔賜天池八尺龍。露布朝馳玉關塞，捷烽夜到甘泉宮。似聞指揮築上郡，已覺談笑無西戎。放臣不見天顏喜，但驚草木回春容。〔註259〕

元豐四年（1081）種諤以七軍方陣進兵，攻打包剿賊兵，獲馬五千匹，鎧甲萬計。「將軍旂鼓捷如神」歌頌將帥捷如神，擊潰大敵。戰役捷報，勝利消息讓身為謫臣的詩人，激起愛國忠君的情思，但惋惜的是「放臣不見天顏喜」未見神宗龍顏喜悅，慶賀此場戰役。

蘇軾批評邊境戰役，帶給人民的痛苦。先前雖是捷報訊息，但到了元豐五年（1082）卻已是「江山不可復識矣」〔註260〕的悲涼。神宗為了平定邊境大事，重用呂惠卿引薦的徐禧為禦城將首，此人好沾襟言功「更以邊事自任，狂謀輕敵，至於覆沒。」〔註261〕又「禧好談兵，

《新校本晉書並編六種》〈列傳第二十四·陸機〉（臺北：鼎文書局，1990年6月），卷54，頁1473。

〔註258〕蘇軾：《蘇軾詩集》〈聞捷〉，卷21，頁1089。

〔註259〕蘇軾：《蘇軾詩集》〈聞洮西捷報〉，卷21，頁1090。

〔註260〕蘇軾：《蘇軾文集》〈後赤壁賦〉，卷1，頁8。

〔註261〕（清）畢沅撰，《續修四庫全書》編纂委員，復旦大學圖書館古籍部編：《續資治通鑑》（上海：上海古籍出版社，2003年5月），卷77，頁211。

每云：『西北可唾手取，恨將帥怯耳！』」〔註262〕狂大輕敵，言可輕取橫山，直搗西夏之巢穴。〔註263〕「九月，甲申，永樂城成，距故銀州治二十五裡，賜名銀川砦。」〔註264〕當永樂城築起，西夏旋即吹起號角大舉圍城，「丙戌，禧、舜舉復入永樂城。夏人傾國而至，號二十萬，禧登城西望，不見其際。」〔註265〕西夏軍備崛起，引起宋軍大懾生畏，建議徐禧宜收兵入城，然徐禧不聽，終致慘敗。〔註266〕永樂城被圍後，是危城絕糧斷水「夏人圍永樂城，厚數裡，游騎掠米脂，且據其水砦。將士晝夜血戰，城中乏水已數日，鑿井不得泉，渴死者大半，至絞馬糞汁飲之；夏人蟻附登城，尚扶創格鬥。沈括、李憲援兵

〔註262〕（清）畢沅撰，《續修四庫全書》編纂委員，復旦大學圖書館古籍部編：《續資治通鑑》，卷77，頁211。

〔註263〕「會朝廷命徐禧、李舜舉至鄜延議邊事，謂入對，言曰：『橫山延袤千里，多馬，宜稼，人物勁悍善戰，且有鹽鐵之利，夏人恃以為生；其城壘皆控險，足以守禦。今之興功，當自銀州始，其次遷宥州於烏延，又其次修夏州；三郡鼎峙，則橫山之地已囊括其中。又其次修鹽州，則橫山彊兵、戰馬、山澤之利，盡歸中國，其勢居高俯視興、靈，可以直覆巢穴。』」（清）畢沅撰，《續修四庫全書》編纂委員，復旦大學圖書館古籍部編：《續資治通鑑》，卷77，頁211。

〔註264〕（清）畢沅撰，《續修四庫全書》編纂委員，復旦大學圖書館古籍部編：《續資治通鑑》，卷77，頁210。

〔註265〕（清）畢沅撰，《續修四庫全書》編纂委員，復旦大學圖書館古籍部編：《續資治通鑑》，卷77，頁211。

〔註266〕「丁亥，夏人漸逼，永亨兄永能，請及其未陳擊之，禧曰：『爾何知！王師不鼓不成列。』乃以萬人陳城下，坐譙門，執黃旂令眾曰：『視吾旂進止。”賊分兵進攻，抵城下。曲珍陳於小際，軍不利，將士皆有懼色，遂白禧曰：『今眾心已搖，不可戰，戰必敗，請收兵入城。』禧曰：『君為大將，奈何遇敵不戰，先自退邪？』俄夏人縱鐵騎渡水，或曰：『此號鐵鷂子，當其半濟擊之，乃可以逞；得地，則其鋒不可當也。』禧不聽。鐵騎既濟，震盪衝突。時鄜延選鋒軍最為驍銳，皆一當百，先接戰，敗，奔入城，蹂後陳。夏人乘之，師大敗，將校寇偉、李思古、高世才、夏儼、程博古及使臣十餘輩、士卒八百餘人盡沒。曲珍與殘兵入城，崖峻徑窄，騎緣岸而上，喪馬八千匹。夏人遂圍城。」（清）畢沅撰，《續修四庫全書》編纂委員，復旦大學圖書館古籍部編：《續資治通鑑》，卷77，頁211。

及饋餉，皆為遊騎所隔。」〔註267〕場面淒獊悲慘，後來沈括領軍的外援軍隊也被西夏阻擋，將士們英勇禦敵，終不敵善戰的西夏。此次戰役無疑帶給宋朝國力重重一擊，造成民心波動。

元祐八年（1093）九月，蘇軾任定州之軍事職務，孜孜矻矻地「勤恤民勞，密修邊備」〔註268〕修建營房，整頓軍紀、強化訓練，「我亦旗鼓嚴中軍，國恩未報敢不勤。」〔註269〕自言為定州將帥，準備痛擊外夷，報效家國之雄心大志。

因戰爭與旱澇、蟲害、疫情等天災，雖然讓蘇軾充滿對家國的熱切情懷，但黨爭人禍引來更大的震盪。甚者，蘇軾最後流放驛站，貶放海南儋州，始終未放棄報效家國，建功立業的理念與濟世情懷。抱持建德立業，自然地付出無怨尤，「澹然都無營，百年何由畢。」〔註270〕認為百歲光年尚不足用。人在天地間，就是要有所建樹作為。「君看厭事人，無事乃更悲。」〔註271〕所以他總是馬不停蹄地為君王、為家國、為人民盡份棉薄之力。衷心道出：「欲令海外士，觀經似鴻都。結髮事文史，俯仰六十踰。老馬不耐放，長鳴思服輿。」〔註272〕願效老驥伏櫪，壯志未歇，希望北歸後，能再行「服輿」效忠朝廷、感恩皇帝禮遇的聖恩。

家國濟世之心，雖盈滿懷，但現實連串的挫折，卻將一代哲人鞭笞得遍體鱗傷，令他不得不思索以釋道紓困。此刻神仙信仰呼之欲出，言道：

戛然長鳴乃下趨，難進易退我不如。〔註273〕

〔註267〕（清）畢沅撰，《續修四庫全書》編纂委員，復旦大學圖書館古籍部編：《續資治通鑑》，卷77，頁211。

〔註268〕蘇軾：《蘇軾文集》〈定州謝到任表〉，卷24，頁704。

〔註269〕蘇軾：《蘇軾詩集》〈子由生日，以檀香觀音像及新合印香銀篆盤為壽〉，卷37，頁2016。

〔註270〕蘇軾：《蘇東坡全集》〈送小本禪師赴法雲〉，卷18，頁224。

〔註271〕蘇軾：《蘇軾詩集》〈秀州僧本瑩靜照堂〉，卷6，頁234。

〔註272〕蘇軾：《蘇軾詩集》〈和陶贈羊長史并引〉，卷41，頁2282。

〔註273〕蘇軾：《蘇軾詩集》〈鶴歎〉，卷37，頁2003。

區區分別笑樂天，那知空門不是仙。〔註274〕

檢點凡心早除拂，方平神鞭常使物。〔註275〕

靈槎果有仙家事，試問青天路短長。〔註276〕

念我仇池太孤絕，百金歸買碧玲瓏。〔註277〕

負書從我盍歸去，羣仙正草《新宮銘》。〔註278〕

蓬萊方丈應不遠，肯為蘇子浮江來。〔註279〕

寄語山神停伎倆，不聞不見我何窮。〔註280〕

如上詩作，以神仙吟詠的筆觸，帶出詩人內心的閑靜淡遠，也將神仙思想中和平的理想治國理念，融會貫通於最高境界——「道」的原則，從我到外互為一體。對已而言，可達致神仙修為的快樂境界；對外而言，順民意，群和眾生，從神仙個體做到內外兼具的意涵。將出世、入世情懷融合連起，也是一種清修、明淨治國的家國濟世抱負與理想。

（三）理達、事達、情達之生命統合

詩人胸中思維要能通達無阻，須兼備理、事、情三要件，便能出而為辭，則無處不快。葉燮《原詩・內篇》言：

> 惟理、事、情三語，無處不然。三者得，則胸中通達無阻，出而敷為辭，則夫子所云「辭達」。「達」者，通也。通乎理，通乎事，通乎情之謂。而必泥乎法，則反有所不通矣。辭且不通，法更於何有乎？〔註281〕

〔註274〕蘇軾：《蘇軾詩集》〈次韻子由清汶老龍珠丹〉，卷37，頁2007。

〔註275〕蘇軾：《蘇軾詩集》〈次韻子由書清汶老所傳《秦湘二女圖》〉，卷37，頁2008。

〔註276〕蘇軾：《蘇軾詩集》〈黄河〉，卷37，頁2026。

〔註277〕蘇軾：《蘇軾詩集》〈壺中九華并引〉，卷38，頁2048。

〔註278〕蘇軾：《蘇軾詩集》〈游羅浮山一首示兒子過〉，卷38，頁2070。

〔註279〕蘇軾：〈寓居合江樓〉，卷38，頁2072。

〔註280〕蘇軾：《蘇軾詩集》〈十一月九日，夜夢與人論神仙道術，因作一詩八句。即覺，頗記其語，錄呈子由弟。後四句不甚明了，今足成之耳〉，卷39，頁2154。

〔註281〕（清）葉燮：《原詩・內篇》，卷上，頁21。

蘇軾重文辭須達意。如寫給王庠書信，認為「前後所示著述文字，皆有古作者風力，大略能道意所欲言者。孔子曰：『辭達而已矣。』辭至於達，止矣，不可以有加矣。」〔註282〕故「辭達」之意襲自孔子，透過生動語言，形象鮮明，而能順暢地表明辭意，通達無阻。然歐陽脩主張「意新語工」〔註283〕的創作特質，在言與意、事與理之間發展。經深思冶鍊後的辭意，有創新、有深度，寫出前人難狀之景，能栩栩如生，歷在眼前。故文章要至美，就在言外之意，這也是蘇軾推崇的創作論點。

宋邦珍〈蘇東坡創作理論中的言意、關係、探討〉一文，對「辭達」的看法是：

> 所以東坡的「辭達」不只是就文辭通達而言，他是就「言」到「意」作一思考，甚至這是就創作活動來思考。東坡的辭達說，是要求文辭能充分表達作者的思想和客觀事物的特徵。為此，首先要對客觀事物有深刻的觀察和全面的藝術的手段，把「意」準確生動地表達出來，達到「了然於口與手」。〔註284〕

蘇軾認為創作要領，要像行雲流水般，讓行文結構是自然流暢的，不拘固定模式，充分表現，自然顯露創作者的思想，與客觀細膩的觀察力。在「言」與「意」間流通互動，從心領神會到訴諸生動文字的描述，讓心靈層次躍升，不必怨囿於既定的固定型態，使作品內涵充沛地自然流露。

文章創作除了要「言」與「意」的流暢，尚須能「出新意於法度之中，寄妙理於豪放之外，所謂遊刃餘地，運斤成風。」〔註285〕推陳

〔註282〕蘇軾：《蘇軾文集》〈與王庠書〉，卷49，頁1422。

〔註283〕歐陽脩〈六一詩話〉：「詩家雖率（一作主）意，而造語亦難。若意新語工，得前人所未道者，斯為善也。必能狀難寫之景如在目前，含不盡之意見於言外，然後為至矣。」（宋）歐陽脩撰，楊家駱主編：《歐陽修全集．詩話》（臺北：世界書局，1961年1月），頁1037。

〔註284〕宋邦珍著：〈蘇東坡創作理論中的言意、關係、探討〉，《平淡與妍秀——宋詩詞論集》（高雄：春暉出版社，2012年12月），頁18。

〔註285〕蘇軾：《蘇軾文集》〈書吳道子畫後〉，卷70，頁2210～2211。

出新，意在言外，不為法度所限，臻於「發纖穠與簡古，寄至味於澹泊。」〔註286〕的理想之境。該如何做到「辭達」之內蘊，要從「理達、事達、情達」三部分探究之。

1. 理達

蘇軾又是如何做到「理達」？世間通情達理的奧妙，抑或人情練達的學問，在生活領域裡，端賴詩人銳敏地觀察與體悟。詩人文學作品中的理達，從自然萬物中，理得達道，如〈赤壁賦〉言：

> 且夫天地之間，物各有主，苟非吾之所有，雖一毫而莫取。惟江上之清風，與山間之明月，耳得之而為聲，目遇之而成色，取之無禁、用之不竭，是造物者之無盡藏也，而吾與子之所共食。〔註287〕

清風明月，屬自然之聲與色，取之無禁、用之不竭，這就是一種客觀的物象，以豁達的觀點，任憑取之。因此，要能通萬物之理，必是無私的，亦是學之難處。蘇軾客觀地從自然萬物中觀乎其變，而「理」在其中。再從大自然中悟得其「理」，萬物看似瞬息萬變，實則本體不變，諸如水月。反觀己身的人生起落，則澈悟於「理」之規則。

蘇軾詩歌的理趣，在任真自得，率意言理，具象寓理，議論說理。蘇軾言理，直抒胸臆，不吐不快，〈思堂記〉云：「言發於心而衝於口，吐之則逆人，茹之則逆余。以為寧逆人也，故卒吐之。」〔註288〕發諸心性，不管逆人逆己，不苟於趨炎附意，自然非臻於「辭達」境界。

在神宗熙寧年間，王安石變法之際，蘇軾政治理念與其不合，自言是「眼看時事力難任」〔註289〕儒家熱情遞減，漸萌生道釋思想，傾向神仙信仰。蘇軾藉以托喻神物的具象寓理，說明內心受到政爭的迫害與壓抑，不與羣小培塿為伍。

〔註286〕蘇軾：《蘇軾文集》〈書黃子思詩集後〉，卷67，頁2124。

〔註287〕蘇軾：《蘇軾文集》〈赤壁賦〉，卷1，頁6。

〔註288〕蘇軾：《蘇軾文集》〈思堂記〉，卷11，頁363。

〔註289〕蘇軾：《蘇軾詩集》〈初到杭州寄子由二絕・其一〉，卷7，頁314。

蘇軾神仙吟詠詩作中，有借寓神靈之物，如：

> 蛟龍不世出，魚鮪初驚淰。至音久乃信，知味猶食椹。至今天下士，微管幾左袵。謂當千載後，石室祠高朕。爾來又一變，此學初誰諗。權衡破舊法，芻豢笑凡飪。〔註290〕

> 當年雙檜是雙童，相對無言老更恭。庭雪到腰埋不死，如今化作雨蒼龍。〔註291〕

詩中以龍的多變具體意象型態，描繪龍出沒時的顯像，是平和的抑是驚濤裂岸，則端看詩人寓理的情境，反映內心的情緒。當他離開朝政核心，離開是非，反而沉澱內心的激動，多些學道求仙的紓壓機會。因為他明瞭世事漸艱，「明朝人事誰料得」〔註292〕的政治氛圍。

蘇軾神仙吟詠詩作的「理趣」，尚有議論說理的部分。詩作除了以意象表達，也需以議論來佐理。蘇軾一生往復於朝闕與流放貶謫，從神仙信仰裡悟得禪理意趣。如〈六月二十日夜渡海〉詩，言：

> 參橫斗轉欲三更，苦雨終風也解晴。雲散月明誰點綴，天容海色本澄清。空餘魯叟乘桴意，粗識軒轅奏樂聲。九死南荒吾不恨，茲游奇絕冠平生。〔註293〕

詩意回瞻了他在貶謫偏荒驛所的經歷，表達九死不悔之心，呈現出風雨歇停，始放晴、雲散月清的自然景象。寓意烘托己身遭遇應似自然美景，呈現一片朗明澄清的氣象。詩人桑榆晚景，謫遷過嶺過海，真是無怨無怒，澹然曠達之心以迎逆。以學道求仙的立場，說出自己是翰林學士的玉堂仙，一生汲營於仕旅，如今貶謫至海南村，只能透過夜半專心存養氣息，達到心氣凝神相合的境界。來此絕境，蘇軾並未被摧敗逼迫，反而從崇道的求仙中翻轉過來，呈現更寬闊的心靈世界。蘇軾善用道家虛靜明的哲理，搭配神仙信仰的修煉，讓人生過程中，自現「理達」超俗之境界。

〔註290〕蘇軾：《蘇軾詩集》〈監試呈諸試官〉，卷8，頁367～368。
〔註291〕蘇軾：《蘇軾詩集》〈鹽官絕句四首．塔前古檜〉，卷8，頁393。
〔註292〕蘇軾：《蘇軾詩集》〈夜泛西湖五絕．其二〉，卷7，頁352。
〔註293〕蘇軾：〈六月二十日夜渡海〉，卷43，頁2367。

2. 事達

如何「事達」？首先須以「明事」。葉燮《原詩．內篇》言：

> 曰理、曰事、曰情，此三言者足以窮盡萬有之變態。凡形形色色，音聲狀態，舉不能越乎此。此舉在物者而為言，而無一物之或能去此者也。曰才、曰膽、曰識、曰力，此四言者所以窮盡此心之神明。凡形形色色，音聲狀態，無不待於此而為之發宣昭著。此舉在我者而言，而無一不如此心以出之者也。以在我之四，衡在物之三，合而為作者之文章。大之經緯天地，細而一動一植，詠嘆謳吟，俱不能離是而為言者矣。〔註 294〕

舉凡大至經緯天地，細至一動一植，均為謳吟詠嘆的題材；形形色色，音聲狀態，均為記事手法。劉熙載《文概》言：

> 言此事必深知其事，到得事理曲盡，則其文理確鑿不可磨滅。〔註 295〕

要能言事必須深知其事，才可得事理、才能「文理確鑿不可磨滅」。要做到「文理確鑿不可磨滅」的結果，前提是「得事理曲盡」。要能「明事」先「記事」。記事脈絡清楚，文理暢達，通事理之妙，臻於「事達」之境。

蘇軾詠嘆歷史題材，以窮盡事理的敘事手法，凸顯當今封建政朝的諸多弊端，借古諷今的寓意鮮明，有現實況味的投射。如鳳翔時期〈李氏園〉詩云：

> 云昔李將軍，負險乘衰叔。抽錢算間口，但未権羹粥。當時奪民田，失業安敢哭。誰家美園囿，籍没不容贖。此亭破千家，鬱鬱城之麓。將軍竟何事，蟣蝨生刀韣。何嘗載美酒，來此駐車轂。空使後世人，聞名頸猶縮。〔註 296〕

鳳翔李氏園為唐末岐王即李茂貞，為其夫人劉氏所修葺的林園。蘇軾

〔註 294〕（清）葉燮：《原詩．內篇》，卷上，頁 23～24。

〔註 295〕（清）劉熙載著：《藝概．文概》（臺北：廣文書局，1964 年 3 月），卷 1，頁 20。

〔註 296〕蘇軾：《蘇軾詩集》〈鳳翔八觀．李氏園〉，卷 3，頁 117。

任鳳翔時，園林仍存。遊此園時，蘇軾揭露李茂貞建園林時的種種罪行，如奪民田、籍沒財物、讓介冑生蟣蝨等暴虐行徑，百姓只要聽聞其名，莫不縮頸惴慄。

蘇軾有外任地方經驗，親睹社會狀況，如〈劉醜廝詩〉，云：

劉生望都民，病羸寄空窰。有子曰醜廝，十二行操瓢。墦間得餘粒，雪中拾墮樵。飢飽共生死，水火同焚漂。病翁恃一褐，度此積雪宵。哀哉二暴客，掣去如飢鴞。翁既死於寒，客亦易此鬝。崎嶇走亭長，不憚雪徑遙。我仇祝與苑，物色同遮邀。行路為出涕，二客竟就梟。譊譊訴我庭，慷慨驚吾僚。〔註 297〕

敘述的是乞兒醜廝與父棲身空窯，勇敢抗暴的事蹟。乞兒醜廝「十二行操瓢」，冬雪中拾樵，寒夜中與父共衾破裘，豈料被二暴客奪被而去，導致其父死於寒冷。乞兒醜廝不畏崎嶇雪路遠，控訴暴徒行徑，將其繩之以法。

晚年謫惠州，作〈荔枝歎〉詩云：

十里一置飛塵灰，五里一堠兵火催。顛阬仆谷相枕藉，知是荔枝龍眼來。飛車跨山鶻橫海，風枝露葉如新採。宮中美人一破顏，驚塵濺血流千載。永元荔枝來交州，天寶歲貢取之涪。至今欲食林甫肉，無人舉觴酹伯游。我願天公憐赤子，莫生尤物為瘡痏。雨順風調百穀登，民不飢寒為上瑞。君不見武夷溪邊粟粒芽，前丁後蔡相籠加。爭新買寵各出意，今年鬬品充官茶。吾君所乏豈此物，致養口體何陋耶。洛陽相君忠孝家，可憐亦進姚黃花。〔註 298〕

前半以唐史事為軸，敘述為了讓宮中美人破顏一笑，十里一置、五里一堠，不惜兵火催、馬揚塵，即便奔騰阻礙，死者堆路，速度也要飛車跨山嶺，只為了送達新採收荔枝。即使是擾動兵民，驚塵濺血，也在所不惜。後半蘇軾以史事暗喻當今朝廷亦是如此。暗示當政者應以

〔註 297〕蘇軾：《蘇軾詩集》〈劉醜廝詩〉，卷 37，頁 2003～2004。

〔註 298〕蘇軾：《蘇軾詩集》〈荔枝歎〉，卷 39，頁 2126～2128。

民生為主，注重風調雨順，百穀豐收慶豐餘，不讓百姓受飢寒才對。如今佞臣當道，前有丁晉公、後有蔡君謨等爭寵行為。武夷溪的粟粒芽，乃茶之極品。佞臣們競相買寵充官茶，進獻君王。甚至連錢惟演為洛陽留守，始置驛貢花。上貢花中之王——牡丹花，識者皆鄙之。蘇軾藉詩批評唐宋主政者，甚或佞臣，不顧百姓疾苦，只為口體之養。故言：「我願天公憐赤子，莫生尤物為瘡痏。雨順風調百穀登，民不飢寒為上瑞。」此句詩意，為民期許、為民發聲。

蘇軾神仙吟詠詩作，不論位居朝闕或在野貶謫，在情境上，寫人、狀物、記事手法，以臻「事達」之境。故釋惠洪《冷齋夜話》云：「東坡曰：『世間之物，未有無對者，皆自然生成之象。』」〔註 299〕既是自然生成之象，必然是「言」與「意」聯繫要緊切的，且不執於箇中，能做到言止而意無窮的極至地步，從「記事」到「明事」，終通於「事達」之理想。蘇軾感悟於現實生活的體會，將「事達」之理，生發至詩意中最恰當的契機。〔註 300〕

3. 情達

文學情性之美，美在情真意切。詩文中的抒情表現，直覺形相的投射，透過作者心靈感悟的觸動，再經語言文字撰寫，這份情感是貼近作者的內心。蘇軾歷仕多朝帝主，更迭於新舊黨爭的糾葛，而主政者和權勢派不斷地更替，然蘇軾的災難卻無稍減。當面對生命不自由時，尤其仕途坎坷，遠謫至無復生還的機會，詩人不得不勇敢面對，反轉逆勢，超越現實生存中的窘迫。

蘇軾為朝廷命官抑地方官任，甚或貶謫罪臣，在人生逆旅低谷，

〔註 299〕（宋）釋惠洪：《冷齋夜話》〈的對〉，卷 1，頁 7。

〔註 300〕原始藝術大都是模仿性的，即在特定思維的基礎上，通過模仿他們生活所見的事與物來實現解釋世界、理解世界並掌握世界的目的。他的所模仿的是已經發生或將要發生的「事」：神話、詩歌、舞蹈、巫術、岩畫等，都在呈現這些事件。參見王懷義：〈漢詩「緣事而發」的詮釋界域與中國詩學傳統〉，《文學評論》第 4 期（2016 年 7 月），頁 129～138。

總是熱愛生命、熱愛自由，屢屢發出超乎常人之歎，採以神仙之旅，超然情累，忘卻煩憂，隨緣自適自得，臻於「情達」的最高境界。

> 蘇軾的內心深處雖處奔湧著風物無涯、人生有限、今古成空、虛名何益的潛流，但他能從榮辱得失終擺脫出來，保持曠達的心態。禍來不避、處之泰然；福來不喜，安之若素；賤而不悲，窮而不怨；因緣而合，隨遇而安，則何處不安然？〔註 301〕

在生有涯的局限下，愈艱鉅愈能砥礪出堅韌的個性，筆毫愈能揮灑出精句。余秋雨說：「正是政治上的障礙，指引了文學的通道。落腳點應該是文學。」〔註 302〕的確，他的政旅錯綜，時而禍福，時而窮賤，這樣的驛站風旅，擊潰不了他堅定的意志情思，冷靜地平衡起伏。蘇軾在生活中，早就哀歎過月之陰晴圓缺、水之逝者如斯，何不敞開胸懷，恣意縱情於大自然，取之、用之皆無盡藏。將個人微緲的情思，寄託在邃夐的天地間，「情達」至極。不論他是為朝廷命官或外任吏職，甚或貶臣僇人，均持以澄清天下、奮厲當世志為理想，為直道而獻身，建業與名節綰合，這份「情達」是積極的、是奮發的。

蘇軾將自己最為困蹇窮厄的三階段，即黃州、惠州、儋州，視作人生最輝煌的功業。唯有從痛苦中淬煉昇華，才是卓越超俗的結果，因此詩人自己感觸良多，這才是人生真情性的顯露。這三階段的流光，對蘇軾是份煎熬與矛盾，但他卻能從低谷中，再次地躍升而起，端賴於道家道教的神仙信仰，讓自己有機會向江渚樵叟、隱者請益，努力地學習道經，並刻苦力行煉氣運丹，減少不必要的煩惱與憂愁。

在黃州，他選擇學道求仙的方式，消弭創傷。好友騰達道常叮囑

〔註 301〕王曉莉：〈微苦的曠達——淺析蘇軾非隱即飲的精神境界〉，《天中學刊》第 17 卷第 6 期（2002 年 12 月），頁 50。

〔註 302〕余秋雨：《新文化苦旅》（臺北：爾雅出版社有限公司，2008 年 11 月），頁 124。

他要「益務閉藏而已」〔註 303〕，他自己亦知「得罪以來，未嘗敢作文字。」〔註 304〕必須藉神仙信仰收斂頑強耿介的性子，並趨向崇道活動。透過這些神仙吟詠詩的意境，運用這套神仙哲學，虔誠向道、學道，外物一切的打擊消滅不了他內心的沉靜，愈近於神仙理想仙境，則愈遠離塵俗煩憂。表示要「青骨凝綠髓，丹田發幽光。」〔註 305〕多練就存養內丹運氣，發幽光可成仙，甚至高唱「刦後五百年，騎鶴歸故鄉。」〔註 306〕的理想。如此神仙之思，愈是趨向林泉歸隱。

在嶺南，學會用讀書的方式，南遷二友淵明和子厚書集相伴，讓心靈導師開啟紛擾心思，撥開澄明；讓雜念沉靜，用神仙思維灌注心田，得以依慰。於惠州，已為長作嶺南人預作準備，豈料政敵章惇讀了「報道先生春睡美，道人輕打五更鐘」〔註 307〕以為安穩，再貶海南儋州。如此連串政敵欺迫，並未使詩人屈服倒下。在惠州，他追求仙人蹤履「羅浮道人一傾蓋，欲繫白日留君顏。應知我是香案吏，他年許綴蓬萊班。」〔註 308〕「寧知效龜息，三歲號窮山」〔註 309〕「賴我存黃庭，有時仍丹丘」〔註 310〕學龜息練氣養生，讓黃庭脾神，使晝夜常明。世局奸巧難料，徒嘆「停顏却老只如此，哀哉世人迷不迷。」〔註 311〕世人始終迷惑其中，不如練就「養成丹竈無烟火，點盡人間有暈銅。」〔註 312〕最終自是達於「解衣浴此無垢人，身輕可試雲間

〔註 303〕蘇軾：《蘇軾文集》〈與騰達道六十八首・二十二〉，卷 51，頁 1482。
〔註 304〕蘇軾：《蘇軾文集》〈與騰達道六十八首・十五〉，卷 51，頁 1480。
〔註 305〕蘇軾：〈戲作種松〉，卷 20，頁 1028。
〔註 306〕蘇軾：〈戲作種松〉，卷 20，頁 1028。
〔註 307〕蘇軾：《蘇軾詩集》〈縱筆〉，卷 40，頁 2203。
〔註 308〕蘇軾：〈追餞正輔表兄至博羅，賦詩為別・再用前韻〉，卷 39，頁 2111。
〔註 309〕蘇軾：〈和陶讀《山海經》并引・其五〉，卷 39，頁 2132。
〔註 310〕蘇軾：〈聞正輔表兄將至，以詩迎之〉，卷 39，頁 2142。
〔註 311〕蘇軾：《蘇軾詩集》〈贈陳守道〉，卷 40，頁 2211。
〔註 312〕蘇軾：〈十一月九日，夜夢與人論神仙道術，因作一詩八句。即覺，頗記其語，錄呈子由弟。後四句不甚明了，今足成之耳〉，卷 39，頁 2154。

鳳。」〔註313〕當個無垢之人，滌慮俗念無事一身輕，如雲間凰鳥優遊地輕鬆自在。

到儋州，學會放慢腳步，既成事實，何不轉念，汲取老子柔弱勝剛強的觀點，看似柔弱居劣勢，實則真正獲得延續長存的正是弱的質地屬性。蘇軾體悟道家這種忍辱負重的力量，習得釋放，求得心靈的澄明寧靜。一如蠻荒貶所的心情，是「海水豈容鯨飲盡，然犀何處覓瓊枝。」〔註314〕有艱澀陡落、更有窮達襟懷來調適整理。崇道、向道、學道的實踐方法，有了神仙的護佑，讓詩人渡過最艱困的生活環境。

蘇軾用以曠達寄情，將人生至情推向最高巔峰。在陰暗的幽谷，有光芒顯露；在巔峰的頂端，有謙卑溫和。朱光潛《談文學》言：

> 言為新聲，文如其人。思想情感為文藝的淵源，性情品格又為思想情感的型範；思想情感真純則文藝華實相稱，性情品格深厚則思想情感亦自真純。〔註315〕

蘇軾已然將詩歌和著生命成為共同體，「生命是文學的主體，也是文學的主題；生命是文學描寫的對象，也是文學最重要的思想內涵。」〔註316〕他是位熱愛自由、熱愛生命的仁者。忠君、愛國、愛民的情懷，始終不渝。充沛情感如萬斛之源汩汩而出，訴諸筆墨，成為文學創作的泉源。清葉燮《原詩》云：「詩是心聲，不可違心而出，亦不能違心而出。」〔註317〕既是心聲，又不違心而出，皆是應聲而作。所以，他追求神仙、企慕神仙成為努力實踐的目標。獨特的神仙思維相稱於文學風格，彰顯出最高的「情達」之境，也是一種超乎世俗以及獨具詩人真純的人格魅力。

〔註313〕蘇軾：《蘇軾詩集》〈同正輔表兄遊白水山〉，卷39，頁2147。

〔註314〕蘇軾：〈答海上翁〉，卷43，頁2350。

〔註315〕朱光潛：《談文學》（臺北：天龍出版社，1986年10月），頁18。

〔註316〕康震：〈弘揚傳統，創新話語，貢獻智慧——中國古代文學研究的文化擔當與時代使命〉，《文學評論》第6期（2016年11月），頁5～13。

〔註317〕（清）葉燮：《原詩．外篇》，卷上，頁52。

二、創造永恆的文化價值和對後世的啟示

蘇軾神仙吟詠詩的文化價值，起源於社會文化的活動現象，奠基於時代的文學性。它是傳達道家道教的逸隱理念，舒放曠達的哲思。尤其是貶謫後，能支撐對抗政爭和困蹇環境，此刻，崇道學仙成為他最佳紓壓的方式。然其神仙吟詠詩的藝術價值，在於繁富多變的意象，憑其想像神思，能悠遊於美麗的仙界。

張秀亞〈詩與想像〉一文，指出：

> 藝術的最大特權，乃是保留著這種「神祇時代」藝術的創作泉湧，永不乾涸，因為那是不能毀壞，且是取之不盡，用之不竭的。在每一時代中，在每個偉大藝術家的心裏，「想像」的工作是以新的形態與新的力量而再現。在抒情詩人中，我們會體會到這種再現。凡是他們觸及的事物，莫不滲透上自己的生命。〔註 318〕

蘇軾藉其對神仙世界的想像，創造豐富的語言變化，營造浪漫的仙境。靈動遐思，飄散著神仙味，為其當下追仙、成仙，塑造神仙文學的書寫，對後世文學的創造，多一層異域領空的思考；對後世文化，多一層另類的心靈追尋與探索。

（一）繁富多變的題材文化

清趙翼《甌北詩話》云：「坡詩放筆快意，一瀉千里，不甚鍛鍊。」〔註 319〕自然天成快意筆法。作者胸襟開闊，心存浩然之氣，表現為詩，如日月之光，隨其光之至，則日月現之。然詩不違心而作，便能發展出磅礴氣勢。蘇軾師法「四海弟昆」〔註 320〕之言，波瀾壯闊，與李杜、陶潛有所區隔。蘇詩灑脫超曠的氣度，非一般汲營利祿者所及。

〔註 318〕Cassirer 原作，張秀亞譯：〈詩與想像〉，《輔仁大學文學院人文學報》第 2 期（1972 年 1 月），頁 207～214。

〔註 319〕（清）趙翼：《甌北詩話》，卷 5，頁 7。

〔註 320〕《原詩‧外篇（上）》：「故陶潛多素心之語，李白有遺世之句，杜甫與『廣廈萬間』之願，蘇軾師『四海弟昆』之言。」見（清）葉燮：《原詩‧外篇》，卷上，頁 52。

1. 積極象徵的神靈寓意

蘇軾神仙吟詠詩作，喜以龍為象徵意象。龍文化的形成，深植歷代人們心中。從原始圖騰不存在的自然實體形相，蛻變成人們心中的吉祥兆象。儘管龍的演變，從原始圖騰變化而來，神秘多端的龍，仍是圖騰信仰的一種特殊符號。經歷代時間不斷地發展變化，加諸在龍的特徵及附加價值，也就愈加明顯。人們賦予龍的形象為多變性的，在想像的空間裡，龍非自然生物，而是「觀念的物態化」〔註321〕。因此各種人類的行為也能加諸在龍的身上，如它可以是生命力量的象徵；它可以是英勇善戰，本領超強；它具有興雲作雨，閃電雷鳴，排山倒海，神奇法力；它又是降甘霖救人間苦旱，正義的化身。在龍的形相，諸多人間所企盼的願望，渴望在其身上都能一一實現。

蘇軾神仙吟詠，借題於龍的主題意識，對龍的崇拜也入詩，影射龍文化的寓意。如初出茅廬的蘇軾，從眉山出川之作，寫出壯志情懷，如：「乘龍上天去無蹤，草木無情空寄泣。」〔註322〕要乘龍上天，就如龍垂鬍鬚下迎黃帝，傳神地寫出矯健身影，來去自如。又希望自己有機會被帝君重用，一如臥龍諸葛出隆中授命。恰似己身出眉山，乘龍上天，有平臺可施展濟世抱負。

蘇軾外任杭、密、徐、湖；杭、潁、揚、定等地方官，仍有一份的寄託，於龍之神秘與特異功能，希望扭轉乾坤，改變世面。茲舉數例，如杭州遊歷，抒發人生感慨，云：「蛟龍不世出，魚鮪初驚

〔註321〕對龍的崇拜，幾千年來根深蒂固。龍的雛形誕生之日始，在後世每一重要階段都被賦予新的內容。龍不但匯集了遠古文化的資訊，龍這一文化表像甚至還蘊含著奴隸社會和封建社會的經驗積累，由此轉化為一種很難動搖的信仰。從神話學分析，神話思維一旦定格於政治意識形態內，神話的自然屬性則削弱，而成為社會神話了。而龍本身從初期形成，便已是社會政治的產物。這實在是無法否定的悲哀。所以，隨著改朝換代，人們都對龍作出了新的解釋與想像，我們現在人也在對它作新的解釋與想像。見潛明茲：《中國神話學》（上海：上海人民出版社，2008 年 5 月），頁 320。

〔註322〕蘇軾：《蘇軾詩集》〈竹枝歌〉，卷 1，頁 25。

淰。」〔註 323〕「根到九泉無曲處，世間惟有蟄龍知。」〔註 324〕密州的治災，詩云：「我公天與英雄表，龍章鳳姿照魚鳥。」〔註 325〕徐州的治水事蹟，詩云：「無功日盜太倉穀，嗟我與龍同此責。」〔註 326〕「能銜渠水作冰雹，使向蛟龍覓雲雨。」〔註 327〕湖州的政禍，詩云：「細思城市有底忙，却笑蛟龍為誰怒。」〔註 328〕登州短暫數日，詩云：「歲寒水冷天地閉，為我起蟄鞭魚龍。」〔註 329〕二次杭任，詩云：「藤生谷底飽風雪，歲晚忽作龍蛇升。」〔註 330〕「去如龍出山，雷雨卷潭湫。」〔註 331〕潁州的地方建設，詩云：「安知中無蛟龍種，尚恐或有風雲會。」〔註 332〕等作。以上神仙吟詠詩，均作於外任官職。關心民瘼、關心新法帶給人民利弊、積極投入地方建設，為旱、潦、蟲災等驅除解決。蘇軾無非想借助龍的正直形象，處處替百姓著想，解救人民困擾的生活，發揮龍文化的含意，也暗示在位者的施政政績，務須做到民情上達的功效。

除了龍的神靈象徵，尚有鳳、鶴、龜、鯨等神物，含吉祥意象，在神仙吟詠的詩作中多元運用，借神仙意象，吟詠傳述詩人內在的意蘊。如鳳之作，詩云：「舞鳳尚從天目下，收駒時有渥洼姿。」〔註 333〕

〔註 323〕蘇軾：〈監試呈諸試官〉，卷 8，頁 366。
〔註 324〕蘇軾：《蘇軾詩集》〈王復秀才所居雙檜二首・其二〉，卷 8，頁 413。
〔註 325〕蘇軾：《蘇軾詩集》〈張安道樂全堂〉，卷 13，頁 642。
〔註 326〕蘇軾：《蘇軾詩集》〈和李邦直沂山祈雨有應〉，卷 15，頁 735。
〔註 327〕蘇軾：《蘇軾詩集》〈蠍虎〉，卷 15，頁 745。
〔註 328〕蘇軾：《蘇軾詩集》〈大風留金山兩日〉，卷 18，頁 943。
〔註 329〕蘇軾：《蘇軾詩集》〈登州海市并敘〉，卷 26，頁 1387。
〔註 330〕蘇軾：《蘇軾詩集》〈東川清絲寄魯冀州，戲贈〉，卷 31，頁 1661。
〔註 331〕蘇軾：《蘇軾詩集》〈辯才老師退居龍井，不復出入，余往見之。嘗出，至風篁嶺。左右驚曰：「遠公復過虎溪矣。」辯才笑曰：「杜子美不云乎，與子成二老，來往亦風流。」因作亭嶺上，名曰過溪，亦曰二老，謹次辯才韻賦詩一首〉，卷 32，頁 1715。
〔註 332〕蘇軾：《蘇軾詩集》〈西湖秋涸，東池魚窘甚，因會客，呼網師遷之西池，為一笑之樂。夜歸，被酒不能寐，戲作放魚一首〉，卷 34，頁 1788。
〔註 333〕蘇軾：《蘇軾詩集》〈送錢承制赴廣西路分都監〉，卷 28，頁 1486。

如神鶴之作，詩云：「人去山空鶴不歸，丹亡鼎在世徒悲。」〔註 334〕「謫仙歸侍玉皇案，老鶴來乘刺史轓。」〔註 335〕如神龜之作，詩云：「遊人多問卜，傖叟盡攜龜。」〔註 336〕如大鯨之作，詩云：「大千一息八十返，笑厲東海騎鯨魚。」〔註 337〕以上數詩，皆託以神物的積極象徵意義，寄託明志或修養存真或滌慮俗念。不論何種時期、何種身分，擔任朝廷重臣、外放地方官、貶謫流臣等，蘇軾笑對橫逆，高風絕塵的風範，形成他獨特的文化魅力，由手中健筆，揮灑書寫雋永人生。從吟詠神仙情境中，多變豐富的題材，塑造卓絕斐然的文學價值，使這股文化之流，緜長不已地傳播、傳遞，永不停息。

2. 消極遁世的神仙造境

蘇軾對生命的體悟，常發出「吾生如寄耳，何者為吾廬。」〔註 338〕的感慨。人生既短暫如雲煙，應追求長生不老的方式，以延續生命。北宋瀰漫崇道求仙的潮流，濃厚的神仙思想，神靈的歌頌膜拜，嚮往神仙的逍遙，在在影響著蘇軾。也因殘酷的衝擊，萌生起消極遁世，冀望在仙境中，做個快活的神仙人。

洞天與福地是神仙居住的名山勝境，乃天帝派遣群仙治理管轄之處，在此有許多羽化成仙的得道者。蘇詩中描繪洞天福地的仙境，如〈次韻程正輔遊碧落洞〉詩云：

> 空山不難到，絕境未易名。何時謫仙人，來作鈞天聲。胸中幾雲夢，餘地多恢宏。長庚與北斗，錯落綴冠纓。黃公獻紫芝，赤松饋青精。溪山久寂寞，請續《離騷經》。抱枝寒蜩咽，繞耳飛蚊清。謫仙撫掌笑，笑此羽皇銘。我頃嘗獨遊，自適孤雲情。君今又繼往，霧雨愁青冥。感君兄弟意，尋羊

〔註 334〕蘇軾：《蘇軾詩集》〈富陽妙庭觀董雙成故宅，發地得丹鼎，覆以銅盤，承以琉璃盆，盆既破碎，丹亦為人爭奪持去，今獨盤鼎在耳，二首．其一〉，卷 9，頁 435。
〔註 335〕蘇軾：《蘇軾詩集》〈次韻錢越州〉，卷 31，頁 1645。
〔註 336〕蘇軾：《蘇軾詩集》〈荊州十首．其五〉，卷 2，頁 65。
〔註 337〕蘇軾：《蘇軾詩集》〈送楊傑并敘〉，卷 26，頁 1375。
〔註 338〕蘇軾：《蘇軾詩集》〈和陶擬古九首．其三〉，卷 41，頁 2261。

問初平。玉牀分箭鏃，不忍獨長生。詩成輒寄我，妙絕陶謝并。孤鴻方避弋，老驥猶在坰。鳥獸如可羣，永寄槁木形。何山不堪隱，飲水自修齡。〔註 339〕

此詩感念程正輔表兄弟之情。藉游碧落洞，絕景佳美如仙境，寄寓隱逸之志。首先，描述碧落洞有群仙在此，奏起響徹鈞天的仙樂。詩人雖貶謫嶺南惠州，仍可適應悽愴險厄的環境，瀟灑地披戴著北斗星辰以為冠纓的曠達情思。

以「黃公獻紫芝，赤松饋青精」訴說仙人夏黃公服食曄曄紫芝，味甘保神，益精補氣。久服之，能輕身不老。赤松子餽贈學道者鄧伯原，青精石飯足以延年長壽。自己獨遊時，亦享受這份遊賞孤情。再提敘到與程正輔同遊碧落洞的心情，典引《神仙傳》皇初平叱羊聲起，然白石皆起成羊的故事，寫出「感君兄弟意，尋羊問初平」寓意。詩人貶謫荒遠，憑恃崇道學仙，用讀道書《道藏》，交道友，煉內丹、運氣養生，才能躲過政敵的威逼恫嚇。

詩末，道出心聲「何山不堪隱，飲水自修齡」欲遠離政壇是非，神仙的隱逸心志，在此是愈加明顯。表示詩人想在人跡罕至的碧落洞中，既有神祕的自然仙景，又能提供詩人煉丹養生的場所，與心中追求長生，嚮往仙界造境的意志是不謀而合。

蘇軾自言：「我生天地一閑物，蘇子亦是支離人。」〔註 340〕詩人自認為是天地間閑物與支離人，就是不完整，才能養身存活，享盡天命。反觀自己的遭遇，不是外放就是貶謫，更是一關關的險峻困蹇。因此讓詩人深感生命苦難乖舛，短暫虛幻人生，除了學習莊學安時處順，虛靜幽獨的哲理，調整心情；實踐淵明精神，在人生的大浪中，無憂喜怒，自得物外之趣。

蘇軾有智慧地選擇，拋除哀與樂，用消極遁世進入神仙造境的美好，有仙傳故事的動人情節，有神仙形象的美麗空靈，一切都在一種

〔註 339〕蘇軾：《蘇軾詩集》〈次韻程正輔遊碧落洞〉，卷 39，頁 2125～2126。
〔註 340〕蘇軾：《蘇軾詩集》〈龍尾硯歌并引〉，卷 23，頁 1236。

逍遙、舒適的仙境中，即便置身蠻荒九萬里之遙，仍採無悔無怨不卑飛的姿態，挺立翱翔於天地間，如仙人飛昇於天闕仙境，悠遊享受這美好的神仙世界。

（二）神仙吟詠的現代文化啟示

蘇軾文學的藝術，呈現翻空出奇、不拘格套、以俗為雅、新意妙理等多元特色，對後世文學文化影響甚著，故有「蘇如潮」〔註341〕之說，以及「蘇海」之美譽及肯定。清王文誥《蘇海識餘》曰：

> 蘇海之說，舊矣。紹聖四年，東坡公發惠州遷儋耳，自新會赴新康，至古勞河漲不可渡，休於鶴山之麓者，數日，公既去，而所居遂為坡亭地，曰蘇公渡見前明陳獻章，詩中邑令黃大鵬，又手劖蘇海二字於厓之上，嗣是更名「蘇海」，至於今蓋三百年矣。〔註342〕

一位全才作家，輝彩光耀的文藝成果，是令人激賞動容的，是賦予後世讀者及創作者，學習效益及品味賞析的啟示錄。蘇軾是全方位的創作者，無論詩詞、文章、書畫等成就，在當代是翹楚、是執牛耳之大家。

1. 神仙吟詠的寫意文化

吉川幸次郎《宋詩概說》言：

> 宋詩好談哲理，而且觀察人生及其周圍的世界情況時，喜從大處著眼。這是一種視界最為開闊的達觀態度。這種達觀的態度產生了對人生的新看法。我以為這才是宋詩最大的特性，也是與從前的詩最顯著的不同之處。
>
> 新的人生觀最大的特色是悲哀的揚棄。宋人認為人生不一定是完全悲哀的，從而採取了揚棄悲哀的態度。過去的詩人

〔註341〕（宋）李耆卿撰，王雲五主編：《文章精義》：「韓如海，柳如泉，歐如瀾，蘇如潮。」見《欽定四庫全書．集部九．詩文評類》（《四庫全書珍本別輯》），頁2。

〔註342〕（清）王文誥輯訂：《蘇文忠公詩編註集成．蘇海識餘一》（臺北：臺灣學生書局，1987年10月），頁3707。

> 由於感到人生充滿悲哀，自然把悲哀當作詩歌的重要主題。只有到了宋朝，才算脫離了這種久來習慣，而開創了一個新局面。〔註 343〕

宋詩好議論、好談哲理，從中抽絲剝繭理出人生頭緒來。人生苦難迍邅，反映在詩歌題材，傷春悲秋感嘆易逝為其基調，但到了宋代，翻轉傷感，迎向曠達開闊的天地，揚棄悲哀，表現出曠達的情操。〔註 344〕蘇詩神仙吟詠，融入道家道論與道教的心性論，尋求人與自然的平衡和諧。在人的世界，充滿權力、利害、爭鬥等險惡的手段，擾亂人心。要遠離紛爭，超越凡俗的思想意念，進入純然清幽明淨的世界。神仙，就是人們心目中終極的完美世界，不受限封建帝權的控制，是自由自在的，是樂逍遙的。

為了擺脫威迫煩惱，蘇軾進到快樂的神仙世界，尋找歇息處所，得安身立命，揚棄悲哀，用最大人生視窗，看待天地萬物，以雄渾氣魄，遼闊胸襟氣度，迎接打擊他的政敵，仰賴的就是這種崇道、崇仙的信念；用曠達樂觀的毅力，化解消散所有的不悅，提升精神的免疫力，阻絕厄運臨身。這股神仙信仰的堅持與實踐，讓他度過最險峻難熬的人生幽谷。

蘇軾遭逢人生最大的「魂驚湯火命如雞」〔註 345〕生死大劫。他明白要超越個人榮辱禍福，得憑恃道家的絕對自由，效仿老子的「化

〔註 343〕吉川幸次郎著，鄭清茂譯：《宋詩概說》（臺北：聯經出版事業公司，1977 年 4 月），頁 32。

〔註 344〕魏晉六朝以來，詩歌之傳統傾向於以悲觀思想為基調。重絕望，輕希望；重不幸，輕幸福；重悲哀，輕歡樂；至宋代，哲學家強調人生的使命感，才紛紛從悲哀感傷的象牙之塔，走向曠達樂觀的開闊天地。此種人生觀之改弦易轍，明確地表現在詩歌的翻案上：否定絕望，化解悲哀，掙脫不幸，拋棄煩惱，呈露出樂觀奮鬥之信念來。參見張高評：《宋詩之傳承與開拓》（臺北：文史哲出版社，1990 年 3 月），頁 86。

〔註 345〕蘇軾：《蘇軾詩集》〈予以事繫御史臺獄，獄吏稍見侵，自度不能堪，死獄中，不得一別子由，故作二詩授獄卒梁成，以遺子由，二首．其二〉，卷 19，頁 999。

而欲作，吾將鎮之以無名之樸。」〔註346〕以道的真樸來安定它、不起貪念，讓萬物順化，自然上軌道。效仿莊學的「死生存亡，窮達貧富，賢與不肖毀譽，飢渴寒暑，是事之變，命之行也。」〔註347〕死生存亡，窮達貧富等，都是外在事物的變化。要能做到「安時而處順，哀樂不能入也。」〔註348〕將生死置之度外，哀樂情感就不能入於胸臆，故天地間一切的變化，循著自然規律生成化滅，運行不已。依此，蘇軾熟讀《莊子》，吸取莊子的安命、知命的論說與智慧。

以〈柏石圖〉一詩證理，詩云：「柏生兩石間，天命本如此。雖云生之艱，與石相終始。韓子俯仰人，但愛平地美。」〔註349〕敘文已作說明，陳公弼家藏《柏石圖》，其子慥季常傳寶之，蘇軾作詩為之銘。柏樹生長在兩石間，原是天命所至。雖說其命艱辛，與石共伴終始，不可輕易移之。「俯仰人」〔註350〕一語，典引《莊子．天運》桔槔不論俯仰，均不得罪於人的宿命。同樣，畫畫者因應無窮之理，他更愛平地之美。蘇軾指出「命」不足為奇，一切若是，就是即定不變的事實，故而要能知命與安命，做到盡人事，且理充足，就無憾恨。因此，他也運用道教的神仙信仰，吟詠人生的艱辛、困蹇、歡愉等不同時期，不同心情，磨練出一道道人生的智慧光芒。

蘇軾在〈書吳道子畫後〉，道明出新意的論點，言：

> 智者創物，能者述焉，非一人而成也。君子之於學，百工之於技，自三代歷漢至唐而備矣。故詩至於杜子美，文至於韓

〔註346〕陳鼓應註譯：《老子今註今譯》〈三十七章〉（臺北：臺灣商務印書館股份有限公司，1997年1月），頁190。

〔註347〕（清）郭慶藩編，王孝魚整理：《莊子集釋》〈德充符第五〉（臺北：木鐸出版社，1988年元月），卷2下，頁212。

〔註348〕（清）郭慶藩編，王孝魚整理：《莊子集釋》〈養生主第三〉（臺北：木鐸出版社，1988年元月），卷2上，頁128。

〔註349〕蘇軾：《蘇軾詩集》〈柏石圖詩并敘〉，卷30，頁1578～1579。

〔註350〕《莊子．天運》：「且子獨不見夫桔槔者乎？引之則俯，舍之則仰。彼，人之所引，非引人也，故俯仰而不得罪於人。」（清）郭慶藩編，王孝魚整理：《莊子集釋》〈天運第十四〉（臺北：木鐸出版社，1988年元月），卷5下，頁514。

退之，書至於顏魯公，畫至於吳道子，而古今之變，天下之能事畢矣。道子畫人物，如以燈取影，逆來順往，旁見側出，橫斜平直，各相乘除，得自然之數，不差毫末，出新意於法度之中，寄妙理於豪放之外，所謂遊刃餘地，運斤成風，蓋古今一人而已。〔註351〕

「出新意於法度之中，寄妙理於豪放之外。」循此同理，在文學的創作運用，遵守法度出新意，豪邁放達，寄寓哲理，達到運斤成風、遊刃有餘的高超意境。因此，蘇軾神仙吟詠之作，從寫「意」的觀點探究，亦有「出新意」的特徵。

清趙翼《甌北詩話》云：

元遺山《論詩》云：「蘇門若有功臣在，肯放公詩百態新！」此言似是而實非也。「新」豈易言，意未經人說過則新，書未經人用過則新。詩家之能新，正以此耳。若反以新為嫌，是必拾人牙後，人云亦云；否則抱柱守株，不敢踰限一步，是尚得成家哉？尚得成大家哉？〔註352〕

「新」之定義，要能「意未經人說過則新」、「書未經人用過則新」說出人所未言，寫出無人使用的字句。蘇詩新意的寫作如萬斛泉源，汩汩而流。

又蔡伯衲詩評言：

東坡公詩，天才宏放，宜與日月爭光。凡古人所不到處，發明殆盡，萬斛泉源，未為過也。〔註353〕

他能著力於古人不到之處，「出新意於法度之中」殆盡發明而創新。蘇軾創新意，統攝一切，掌握文章義理之真髓，生發其獨特創意的靈魂所在。〔註354〕然其著力吟詠神仙之作，改易舊法，寄寓託名而詠懷

〔註351〕蘇軾：《蘇軾文集》〈書吳道子畫後〉，卷70，頁2210～2211。

〔註352〕（清）趙翼：《甌北詩話》，卷5，頁7。

〔註353〕（宋）魏慶之撰：《詩人玉屑》（臺北：臺灣商務印書館，1980年5月），卷12，頁211。

〔註354〕朱靖華：〈蘇軾論創造成功的七要素〉，《井岡山師範學院學報》（社會科學版）》第23卷第3期（2002年6月），頁15～24。

創新。故蘇軾神仙吟詠詩作，乃蛻變於道教的神仙思想，讓神仙的形象，深具文學創作的功能。以宗教文化力量，觸及人們最原始之靈魂，解決心中深感困擾的問題，寄託在神秘虛幻的信仰中，獲得經驗與解脫之道。

蘇軾讓神仙吟詠之作，以「自然天真為詩學的終極歸宿，也是意境論的詩學的藝術真理論的核心，是中得心源外師自然之極致。」〔註 355〕深具至善至美、逍遙情境生命之美，發揮了寫意文化的發展。如歌詠神仙造境中的奇異，詩云：「獨攀書室窺巖竇，還訪仙姝款石閨。猶有愛山心未至，不將雙腳踏飛梯。」〔註 356〕「蓬瀛宮闕隔埃氛，帝樂天香似許聞。瓦弄寒暉鴛臥月，樓生晴靄鳳盤雲。」〔註 357〕有營造洞天福地的美好，詩云：「溪山處處皆可廬，最愛靈隱飛來孤。喬松百尺蒼髯鬚，擾擾下笑柳與蒲。」〔註 358〕有探索崇道學仙的樂趣，詩云：「黃冠野服山家容，意欲置我山巖中。」〔註 359〕黃冠野服的裝扮，已是羽流裝束。蘇軾愛酒，喜品酒，詩云：「世俗何知貧是病，神仙可學道之餘。」〔註 360〕對傳說中東老回仙，善釀十八仙白

〔註 355〕就詩的本體而言，自然天真為意境論的詩學當中的鑑賞與創作所重視。意境論的詩學也認為在情景交融當中，詩境的最高境界是渾然天成的，顯現自然之美，如果說，情是本體世界的情意活動，而景是情所呈顯的真實世界，那麼，景在情中，情由景顯，這樣的渾然天成便是最究竟的詩境。見賴賢宗：〈詩的意境美學與禪的意境美學〉，《世界中國哲學學報》第 6 期（2002 年 1 月），頁 64。

〔註 356〕蘇軾：《蘇軾詩集》〈留題仙遊潭中興寺，寺東有玉女洞，洞南有馬融讀書石室，過潭而南。山石益奇，潭上有橋，畏其險，不敢渡〉，卷 3，頁 130。

〔註 357〕蘇軾：《蘇軾詩集》〈夜直祕閣呈王敏甫〉，卷 5，頁 225。

〔註 358〕蘇軾：《蘇軾詩集》〈遊靈隱寺，得來詩，復用前韻〉，卷 7，頁 323。

〔註 359〕蘇軾：《蘇軾詩集》〈贈寫真何充秀才〉，卷 12，頁 587～588。

〔註 360〕蘇軾：《蘇軾詩集》〈回先生過湖州東林沈氏，飲醉，以石榴皮書其家東老庵之壁云：「西鄰已富憂不足，東老雖貧樂有餘。白酒釀來因好客，黃金散盡為收書。」西蜀和仲，聞而次其韻三首。東老，沈氏之老自謂也，湖人因以名之。其子偕作詩，有可觀者．其一〉，卷 12，頁 589。

酒，這樣非塵埃世俗中人，當然深受蘇軾的喜愛，摒除世俗貧病，做個酒中仙，透露出「神仙可學」，尋得一條通往神仙途徑。

人生暫一回的蘇軾，瞭解「世事方艱便猛迴」〔註361〕、「舉世皆同吾獨畀」〔註362〕的觀念，仕途與世途皆艱辛，步步為營。神仙思想的氛圍，在在影響吟詠神仙詩作的創作。擺脫憂慮，追求樸真的至善之美，臻於解憂以避世，修養以存真的涵養意境。要返真、存真，必然要「言察乎安危，寧於禍福，謹於去就，莫之能害也。」〔註363〕通達事理，懂得權變不讓外物傷害己身、損害本性，即達最高至真之境。如此，將神仙吟詠以道家哲理融入詩意中，進一步將神仙的構思、立意、結構及修辭、意象創新和典故運用等技巧，避易求難，追求新奇的寫意和審美文化。

張海鷗《北宋詩學》指出宋詩呈現新奇的立意，是：

> 有了新奇的立意，也容易有了新奇的工巧、不平不俗的章法結構。盛宋詩人雖然依舊採用傳統古近體詩底成的體例，但卻善於在凝定的形式中追求內在邏輯的變化，顯示出高超的藝術技巧。〔註364〕

擅各種題材的蘇軾，書寫讓他發揮情致，因為「文學能發現人之站立，人之孤獨的處境。」〔註365〕且是「離不開本心的修煉」〔註366〕因此在神仙吟詠的範疇中，同樣有了新奇的立意，左旋右抽的，健筆揮灑自如，出奇新巧。蘇軾將神仙文化巧妙地寫意在詩句中，有微引、有寄寓、有託物等意象手法，將神仙詩的飄逸仙然的審美逸趣表現得宜，成為北宋宗教文化的奠石。讓文人之詩、雅人之詩的蘊藉，

〔註361〕蘇軾：《蘇軾詩集》〈送柳子玉赴靈仙〉，卷11，頁545。

〔註362〕蘇軾：《蘇軾詩集》〈謝蘇自之惠酒〉，卷6，頁227。

〔註363〕（清）郭慶藩編，王孝魚整理，《莊子集釋》〈秋水第十七〉（臺北：木鐸出版社，1988年元月），卷6下，頁588。

〔註364〕張海鷗：《北宋詩學》，頁393。

〔註365〕胡傳吉：〈關於文學的超越〉，《文藝爭鳴》當代文學版總第157期（2009年2月），頁73。

〔註366〕胡傳吉：〈關於文學的超越〉，頁73。

在吟詠神仙的國度裡，傳播神仙文化，也影響後世宗教文學與思想脈絡的發展性。

2. 神仙吟詠賦予現代的啟示

《宋史・蘇軾本傳》綜論對蘇軾的評價與肯定，云：

> 器識之閎偉，議論之卓犖，文章之雄雋，政事之精明，四者皆能以特立之志為之主，而以邁往之氣輔之。故意之所向，言足以達其有猷，行足以遂其有為。至於禍患之來，節義足以固其有守，皆志與氣所為也。〔註 367〕

器識、議論、文章、政事足以概括蘇軾的才略與人格。不但天才傑出，才學縱橫，更重要的是「禍患之來，節義足以固其有守，皆志與氣所為。」志與氣足以披靡，昂然挺立於一生。

鍾來因替蘇軾崇道、崇仙的思想態度，作一論述，言：

> 蘇軾自幼崇道，得到隱者指教，企圖進入遠離人群的深山老林隱居；出川入仕後，直至去世為止，他一直在親身試驗，企圖煉成內丹，鑄熟梨棗，成為神仙式的人。作為一個虔誠的崇道者，他的成仙理想雖然破滅了，但道家、道教的世界觀、人生態度、思維特點，卻深深地影響到蘇軾的創作。〔註 368〕

煉內丹鑄梨棗，屏氣凝神的養生之道，欲為神仙式的人。年少時，是「原是青城欲度仙」〔註 369〕想到道教聖地青城山，歸隱山林；中年「誓將老陽羨，洞天隱蒼崖。」〔註 370〕買田陽羨，欲歸田終老之計；

〔註 367〕（元）脫脫等修撰：《新校本宋史並附編三種・蘇軾》，卷 338，頁 10818～10819。

〔註 368〕鍾來因：《蘇軾與道家道教》（臺北：臺灣學生書局，1990 年 5 月），頁 335。

〔註 369〕（宋）米芾〈蘇東坡輓詩五首・其三〉：「小冠白氎步東園，原是青城欲度仙。六合著名猶似窄，八周禦魅訖能旋。道如韓子頻離世，文比歐公復並年。我不銜恩畏清議，束芻難致淚潸然。」見米芾撰：《寶晉英光集附補遺（一）・律詩上》（臺北，藝文印書館，1966 年，《百部叢書集成》影印《涉聞梓舊》本），卷 4，頁 2。

〔註 370〕蘇轍著，陳宏天、高秀芳點校：《蘇轍集・蘇轍佚著輯考》〈次韻子

晚年「東坡之師抱朴老，真契久已交前生。玉堂金馬久流落，寸田尺宅今誰耕。」〔註 371〕歸耕羅浮山下，欲修仙成道。如此強烈的求仙念頭始終於心醞釀發酵，等待時機。

因其變化的生活挫折，折煞詩人的心靈，雖有澤民尊上的儒教精神，興國興邦的濟世理念，終抵不過摧殘詆毀，必須擺脫苦惱、棄絕悲哀，尋求更佳的心靈依託。因此，崇道學仙、求仙活動成為生活的支持力量，藉由神仙思想，實踐悟道，終至成道成仙的境界。蘇詩以神仙吟詠為題，奇絕靈動的想像，創作神仙文學，營造仙境氣氛，是世間所無。神仙境界集結了人間最美好的象徵意義，詩人藉此建構出神仙世界真、善、美的意象。

蘇詩神仙吟詠的文化啟示，就是在不斷貶謫的遭遇中，眼前渺茫滄海，現出一線曙光，有了神仙信仰的依託，將生活重心集中在崇道學仙的活動裡，消弭揚棄，重現生機。用靈活的筆力，「問道遺踪在，登仙往事悠。御風歸汗漫，閱世似蜉蝣。」〔註 372〕超凡一切，騰雲馭風，無所不至，無所不能，摒除世情的繁瑣種種，甚至穿越時空，即便是消極遁世，也可平撫矛盾。以吟詠神仙之作，興發個人心志，曠達平和的情操，含蓄婉轉的傳達寄託，讓神仙的美好，成為心靈的新天地。

蘇軾懂得「早歲歸休心共在」〔註 373〕必須以更寬容的態度、更曠達的胸襟面對逆旅，做出「我欲乘飛車，東訪赤松子。蓬萊不可到，弱水三萬里。」〔註 374〕步隨仙人仙履，即使弱水三千，也要獨取

瞻和陶雜詩十一首・其十〉（北京：中華書局，1999 年 7 月），頁 1420。

〔註 371〕蘇軾：〈游羅浮山一首示兒子過〉，卷 38，頁 2069。

〔註 372〕蘇軾：《蘇軾詩集》〈壬寅二月，有詔令郡吏分往屬縣減決囚禁。自十三日受命出府，至寶雞、虢、郿、盩厔四縣。旣畢事，因朝謁太平宮，而宿於溪溪堂，遂並南山而西，至觀樓、大秦寺、延生觀、仙遊潭。十九日乃歸。作詩五百言，以記凡所經歷者寄子由〉，卷 3，頁 127。

〔註 373〕蘇軾：《蘇軾詩集》〈和章七出守湖州二首〉，卷 13，頁 651。

〔註 374〕蘇軾：《蘇軾詩集》〈金山妙高臺〉，卷 26，頁 1368。

一瓢飲的堅持。對外物豁達些，「笑談萬事真何有」〔註 375〕笑談人生，笑呵泯恩仇。追求仙境「蓬萊方丈應不遠，肯為蘇子浮江來。」〔註 376〕相信蓬萊仙島應不遠，肯為詩人浮江乘龍而來。這些神仙吟詠的創作，讓詩人自己覺得離神仙越來越近，離塵世漸行漸遠，可以遠離所有的煩憂。

朱靖華〈蘇軾的綜合論及綜合研究蘇軾〉一文，提敘到：

> 蘇軾認為，事物有共同的規律，只要弄通了規律就無適而不可，甚麼問題都可以解決。任何一種特殊專長，都以兼通為基礎，「專」的人應該是「通」的人，「兼」而「通」就能既把握共同規律也把握特殊規律。〔註 377〕

蘇軾把握住事物「兼通」的規律性，從理想壯志轉折到落寞委屈，流動的驛站，茫茫生涯，並不困限於他，反而激發出不溺於當下，唯有尋覓生命的出口，不執著物我的牽絆，多維的思考面向，導向更開闊的生命情境。

蘇詩神仙吟詠的現代啟示，是一種對生命的熱忱與熱愛。雖遭受打擊刺激，仍持以正向態度，懂得養生延壽之道。追求神仙的逍遙美境，能飛騰升遐，能馭風騰雲，來去自如的超然。平日多修養身性，做到閉息煉氣，通匯精氣神，使元氣飽滿。蘇軾對長生的追求，實則是一種跨越生死，盡人事努力地做出延展性，讓生命在有限的框架中，呈現出正能量與強韌度。

神仙信仰以追求長生，作為修道成仙的特徵。講求之精氣神，是相互依存依靠的。神仙是道教對自然萬物的認同與體驗。舉凡與人類生活作息相關的自然現象，都被賦予「神」的管轄，充分表現出人類對自然的崇高敬畏。因此，人類要成仙，要存養心性、悟得大道，保全性命之真，追求至善至真、逍遙至境的生命之美，悟道、煉

〔註 375〕蘇軾：《蘇軾詩集》〈送張嘉州〉，卷 32，頁 1709。

〔註 376〕蘇軾：〈寓居合江樓〉，卷 38，頁 2072。

〔註 377〕朱靖華：〈蘇軾的綜合論及綜合研究蘇軾〉，《中國人民大學學報》（2002 年第 3 期），頁 113。

道，成為真人、仙人。在不斷提倡與追求，長生不老、不死就成為尋覓生命的永恆目標，實現超越生命的極限。〔註378〕蘇軾曾言：「長生未暇學，請學長不死」〔註379〕可見長生不死的想望，是人類所渴望的目標，能達到的一種延展生命力，追求逍遙幸福，過自由自在的生活。

因此，研究蘇軾神仙吟詠詩，從現代的角度推論，在神仙世界裡「世人喜神怪，論說驚幼稚。」〔註380〕凡世間人類所無，都喜歡發揮想像，天馬行空地營造一片的祥和氣氛與美好的仙境，悠遊自在，快樂過活，隔閡外界的暗黑汙穢。對死亡有深層的認知與思索，當生命是驚魂如湯火的恐懼無助，必然勇敢地坦然以對，雖有挫折但不失望；有沮喪但不絕望。

蘇軾對人生的態度，保留很大的轉圜空間，真誠寬容地看待問題，瀟灑地道出：「眷言羅浮下，白鶴返故廬。」〔註381〕安命順時的審美觀；多專務煉氣，做到：「賴我存黃庭，有時仍丹丘。目聽不任耳，踵息殆廢喉。」〔註382〕心存黃庭內功，通體舒暢。學習真人的踵息法，就能達到仙人亢倉子耳視、目聽的特殊神通。修道修行者，達到某種煉氣於身的程度，運行體內無礙無阻，讓自己保持高度的精神狀態，進入悠游自在的「神仙」意境。同時，涵養運煉內功「龜精鳳髓填谽

〔註378〕從葛洪的《抱朴子》到陶弘景《登真隱訣》，從《黃庭經》到《悟真篇》，道士們發明了種種道術希望能夠無限地延長人的生命以奪天地造化之功，由此而體現出道教的文化特質是一種生命關懷。然而，人的生命地不是一個空懸的概念，在道教看來，人的生命或是依託於精氣神、或是身心、或是形神、或是性命，種種不同的說法，都反映了生命本身就是宇宙中的一種複雜和神秘的現象，也是需要人類不斷地進行探討與研究的人生問題。見孫亦平：〈論道教身心觀的文化特質及其現代意義〉，《宗教大同》第7期（2008年12月），頁24～41。

〔註379〕蘇軾：〈金山妙高臺〉，卷26，頁1369。

〔註380〕蘇軾：《蘇軾詩集》〈巫山〉，卷1，頁33。

〔註381〕蘇軾：〈和陶始經曲阿〉，卷43，頁2356。

〔註382〕蘇軾：〈聞正輔表兄將至，以詩迎之〉，卷39，頁2143。

谺，天地駭有鬼神嗟。一丹休別內外砂，長修久餌須叔遐。」〔註 383〕有龜精鳳髓、天地鬼神、吐故納新的內丹法，修煉長久即可升遐登天，蘇軾以豐富的想像力，領悟內丹法的修煉要訣。

蘇詩神仙吟詠的現代啟思，可從廣角視窗探討蘇軾、欣賞蘇軾。他既是全能作家，天才傑出，善備各體，融會儒釋道思想，人格氣節如《宋史本傳》所言的有守有節。仕進時，佐君為國、為民；謫隱時，平和澹遠，養生修道，崇道學仙歸隱林泉，讓生命活出精采。「他於人生並不執著於一端，只是隨心所欲、自由任性而已。」〔註 384〕任何階段不論謫居或外任，蘇軾總是任真自得，放達自然，用神仙之思，驅散自己的憂愁和苦惱。用神仙信仰，讓自己移轉關懷的風向，從社會、人生轉向自我內蘊的心靈世界，平衡趨緩年少至青壯期的勇敢諫言，用道家道教的神仙系統，安命知命、物我齊一、絕聖棄智、存養黃庭、踵息廢喉等修煉功夫，讓自己在心靈、在精神，臻於神仙的意境，追隨仙人步履，做個快樂逍遙的神仙。

詩，作為心聲表白的載具，不論是託事以諷亦是寄託情志等作用，都是一種傳達的啟示性。蘇軾，曾身為朝廷重臣顯官，卻一夕間淪為階下囚或流放的貶臣，在貶謫的禍難裡，善於排除憂愁，冷靜客觀地理智應對。他深知人世的悲歡離合，明白自然的水月哲理，在變與不變間，心中自有一把衡尺，刻度上的人生悲喜，畫上符號線條，掌握當下的歡樂，灑脫地說：「我亦無所求，駕言寫我憂。意適忽忘返，路窮乃歸休。」〔註 385〕擺開悲哀，揚棄傷情。有一種行到水窮處的豁朗，而詩人是「路窮乃歸休」的窮達立場。

然蘇軾神仙吟詠詩的主題，多元的文化面相，有神仙信仰的支撐，使其度過人生蔭谷的幽暗，忘卻殘酷事實，忘卻生命中往昔榮光。

〔註 383〕蘇軾：〈辨道歌〉，卷 40，頁 2212。
〔註 384〕張海鷗：〈蘇軾外任或謫居時期的疏狂心態〉，《中國文化研究》夏之卷（2002 年），頁 24。
〔註 385〕蘇軾：《蘇軾詩集》〈日日出東門〉，卷 22，頁 1162。

一切歸向安時處順，擺脫哀樂、禍福、得失等外物之悲喜，讓詩人成為與眾殊異，卓絕獨特的奇才，文采光芒，照耀輝映後世。古道照顏色，豐潤著現代人的心目中，也膏澤現代人的心靈雞湯，以及帶來變幻多彩的神仙文化資產。作為　位現代的讀者與研究者，風簷展書讀的情境下，研讀蘇軾，想見其人風格氣度，卓然不絕的精神，及留給後人的文化涵養，才是最重要的收穫與啟示。

第六章　結　論

任何文化思想都有其時代性的意義及其新潮價值。當人們意識到生命存在價值備受威脅時，必須透過某些方式來延長壽命。於是寄託在遐思中的仙境，渴望在虛幻的神仙思想中，獲得一種永生的希望與慰藉，讓生命長度綿綿不絕，藉由尋求修煉，突破生命中有限的框架。然而道教是生命宗教的元素，勸導人必須透過學道求仙之法，才能達到長生不死之道。

道教文化發展至宋，又得以主政帝君的青睞迷戀，使神仙思想普遍地擴張，也深植民間，讓神仙思想成為信仰核心。當人在現實世界被抑制、壓迫時，神仙思想就成為最佳撫慰心靈的一種寄託，嚮往神仙的美好。蘇軾透過神仙吟詠的創作，宣洩憤懣的情緒，想像穿梭在空靈清靜的仙境，逍遙快樂。再經由煉丹服氣，盈滿元氣，凝神聚氣使形神並俱，循此祛病，通神仙，以達長生之道。

一、蘇軾神仙吟詠詩研究的回顧

生與死，人生重大議題。然人們寧可選擇生之長久長存，讓生命光輝脈絡傳承，綻放生命光華。故追求長生不死，發展出一套高揚我命在我的理論，由心念主宰一切，所謂「心者，神之舍也；心者，眾妙之理，而宰萬物也。性在乎是，命在乎是。」〔註1〕主張在人的生

〔註 1〕（宋）張伯端撰，上海書店出版社編：《玉清金笥青華秘文金寶內鍊

命歷程中，透過修煉轉化的過程，體現神仙可學的生命本體論。

神仙信仰確是一種逆天、抗拒死亡恐懼的方式，渴望在有限生命中點燃一絲的光芒，照亮生命。神仙信仰的主體性，繼承發揚古代神話精神的毅力與堅持，讓神話中的不死與再生，持續恆常。人們有了神仙信仰的依存，在行動中體驗生命的真諦，實現求長生不死的理想。故蘇軾認為神仙可學，透過多途的仙道養煉法，內丹氣致，不外求的修仙之術，以「心靈的覺悟，精神的自由作為神仙的根本特質。」〔註2〕凝精聚神，稟氣持一，存思內觀等修煉法，讓顛簸不歇的蘇軾，心靈上足以有個憑恃之處。

本論文探討蘇軾神仙吟詠詩的文學意涵與價值，分別於各章研究相關的議論主題。析論蘇軾神仙吟詠詩作的寫作動機與創作背景，及神仙的義界與形成；詩作的創作分期及其特色，綰合了生命價值和意義。尤其北宋融通三教合一的政風，修煉成仙之道，可「正君臣協心同德，興化致治之秋，勤行修煉，無出於此。」〔註3〕最高的修煉至道，君臣一德，求治之世，使神仙信仰轉化為入世的變化，成為有濟世作用，關心民瘼。因此神仙思想結合儒家的人道主義，忠孝行誼，巧妙地列入道教中的修仙之道，以忠孝為本，將儒家倫理列入修道仙班中，成為道教入世文化的特色。蘇軾原追求儒家的奮厲之志，為的是施展濟世理想，豈料政治欺壓詭辯，迫使詩人轉向神仙信仰，尋找對生命力的延展與昇華，超脫物外，使神仙文學，具有一定的影響力。

回顧本論文研究蘇軾神仙吟詠詩的文學意涵與價值，各章建構回

丹訣卷上》〈心為君論〉，《道藏》第4冊，（上海：世紀出版集團，上海書店出版社，文物出版社，天津古籍出版社，2005年6月），卷上，頁四－363。

〔註2〕孫亦平：《道教的信仰與思想》（臺北：東大圖書股份有限公司，2008年1月），頁217。

〔註3〕（元）脫脫等修撰，楊家駱主編：《新校本宋史并附編三種》〈列傳第二百一十六．陳摶〉（臺北：鼎文書局，1983年11月），卷457，頁13421。

顧分析如下：

第一章為緒論。研究蘇軾神仙吟詠詩的創作目的及範圍，前人研究此議題上的成果為何？作一綜合整理與研究。

第二章分三部分析論探討。首先，探討神仙的義界及其文學轉化的性質。蘇軾用反轉思維，磊落灑脫，怡然曠達的情思，面對橫逆，參以道家道教的神仙思想，以期達到修道修仙以長生為目的。超越有限生命的格局，追求美妙的仙鄉國境，得道逸快樂。

第二、蘇軾神仙吟詠詩作的形成。用神仙信仰度過人生種種難關，內在條件歸於家風崇道因子的影響。年少蘇軾受到家鄉眉州道教文化興盛以及家風所致，對任俠好義的實踐、付諸學道求仙的方術，乃有歸隱林泉之志。外在氛圍則受北宋內丹學興盛崛起有關，強調以己身為爐灶，己身精氣為藥丸，以神運氣修煉為之，做到慎守工夫，勤習內丹修煉達到形神俱一之境。

蘇軾發揮心齋坐忘精神，超脫世俗雜念，聆聽內心真正的聲音，感受天地間之虛無，擺脫外物束縛，與自然之道相通。透過修道修仙之術，超越生命、超脫俗務，自可達到心閑、皎皎之清幽明淨。神仙長生術語非虛構，必然是要日常生活中，練習到「視鼻端白，數出入息，緜緜若存，用之不勤。」〔註4〕蘇軾認為有了龍虎煉功法，讓他在貶謫時，不飲食湯水，細嚼生津液。養成作息正常，一更臥、三更起，坐以待旦。煉就閉目慧心自照，吞漱津液咽之，使體內真氣行之，符合《仙經》所說的：「子欲長生，守一當明。」〔註5〕守住丹田氣海，便可達到空寂忘我的最高境界。

第三、爬梳析論蘇軾神仙吟詠詩創作的分期。依蘇軾仕宦歷程歸類論述，探究蘇軾神仙吟詠詩的創作，共計三百二十首。各個時期的

〔註 4〕蘇軾：《東坡志林》〈修養．養生說〉（臺北：木鐸出版社，1982 年 5 月），卷 1，頁 8。

〔註 5〕（晉）葛洪撰：《抱朴子內篇》〈地真〉（臺北：臺灣商務印書館股份有限公司，1968 年 3 月），卷 18，頁 361。

神仙吟詠詩作，都代表蘇軾每個人生階段、人生觀的思想呈現，有舒放曠達、更有求仙遐思之念，以養生理論調理好身心靈，務使己身勿陷人事是非的泥淖裡，而有更寬闊的天地，悠游自在，悟得自然玄理，只因「溪水天長地久，沒有得失盈虧。」〔註6〕

蘇軾發出人生如寄的感慨，如過客般寄身在蒼茫天地裡，顯得何其渺小！當面臨生命絕境時，已非唾棄怨怒，應是人生逆風時刻，轉以不同視野的人生觀，才是晴空萬里。年邁的詩人，內心雖感悲情，但他不放棄生活，重整人生態度，從拘謹走向理想的開闊心靈。參以求仙學道，在修煉過程配合呼吸吐納、閉息內觀，聚以精氣神，令元氣充盈，形神俱一，以達神仙逍遙之境。

他用自己的方式，創作最佳的文學作品，歌頌讚美神仙仙境，仰慕登遐飛天的仙人，欲當騎鯨手，翱翔天際，冀望過著如同神仙生活的情境。他一生學道求仙，交道友、讀道經，向隱者道仙請益，孜孜矻矻地煉道養氣，為的就是要能通達到人間仙境，避開紅塵俗世，作個快樂化外的神仙。

第三章探討蘇軾創作神仙吟詠詩的背景及其特色。每一時代都有其時代風華，「江山代有才人出，各領風騷數百年。」〔註7〕蘇軾文學創作是多元的，觀其思想融通儒釋道，仕進兼濟天下，仕退窮達其身。尤其在北宋封建的政治生態，不得不做的一種選擇性。

神仙是超乎自然力的箝制，也不受社會力的圈囿。神仙可以騰雲御風，駕龍馭鳳，食元氣、茹芝草，可以出入人間而不相識，他是超乎常人所及。蘇軾透過靈動筆觸，發揮想像空間將神話、仙話主題合通，成為神仙吟詠的素材。內容呈現超越帝權統治，又能擺脫禮教束縛，拋開人事與世事的傾軋，權謀鬥爭的煩惱，一改現實世界的醜

〔註6〕葉國居：〈〈客家新釋〉洗盪〉，《聯合報》，第D3版，2018年8月7日。

〔註7〕（清）趙翼撰，華夫主編：《趙翼詩編年全集》〈論詩四首．二〉（山東：天津古籍出版社，1996年11月），卷28，頁821。

陋，轉向神仙仙境的淨化，能長久與滿足。

追求神仙仙境，並不遙遠，因為神仙可學致。只要勤加修煉，不勞倦、不怠惰，自然永不歇止。人類渴望美善的理想，權鬥是非永遠不息，故人必須從心修煉而起，體道保真。用心清雅為主，則氣遍周行全身，通體暢矣。蘇軾利用養生煉道行氣，來保全身。人生倏忽杳杳，如滄海一粟般地渺小，道出生命短暫之嘆。此際，需藉助神仙之思，將處世哲學與生命價值提高層次，不以物喜己悲來看待橫逆，就用「隨手掃滅」〔註 8〕營之，終究可以灑脫自適地表現出「但盡凡心，無別勝解。」〔註 9〕超然的意境，將生命高度結合神仙之思，做個快樂的神仙人。

第四章探討蘇軾神仙吟詠詩的文學意涵。蘇軾神仙思想在動機上，確有解脫困境願望的考量，也是最佳的解構途徑。以神仙之思，實踐煉養成道，是一種超越，也是達到長生的至高境界。

茲就蘇軾神仙吟詠詩，依其仕宦歷程、生活歷練、內心情思、學道崇仙等質性，析論歸納為四大類別，如下：

第一，修養存真，解憂避世

蘇軾英雄出少年之姿，縱橫政壇，打響名聲。自幼崇道，受隱者指教，在人生過程有企圖求仙之思，藉由屏息煉內丹，鑄熟梨棗，以達仙人風骨。即便世間苦樂始終如影隨形，詩人依然用真性情坦然面對。不論任何時期，懂得急流勇退，能神遊於杳靄之間，欲踏尋一縷仙跡，乘清風歸去。蘇軾處朝政改革、人事動盪的時局，他的人生處世哲學，超然情累，無受困於風雨陰晴，隨手掃滅，對蘇軾就是最好的解憂解套的方式。

第二，仰慕仙人、營造仙境

宋代道教文化發展，對普羅大眾影響甚鉅。當在自然災害與人為

〔註 8〕蘇軾：《蘇軾文集》〈答李琮書〉，卷 49，頁 1434。
〔註 9〕蘇軾：《蘇軾文集》〈與子由弟十首．三〉，卷 60，頁 1834。

受迫的條件下，成為一種不平等及苦難時，這股宗教力量發揮了穩定社會的功能。人們渴望擺脫災難，幻想有一種超乎人類力量而足以伸張正義，幫助他們改善環境，於是寄託在神靈身上，祈求護佑。仰慕仙人、追求仙風遺跡，尋訪仙境，探索洞天福地的仙人宮闕，追求置身於蓬萊、仇池神山仙境的美好。

蘇詩，自然不乏神仙吟詠之思，仰慕仙人以學仙，認為仙子的形象，應是如玉真公主，具有螓首娥眉般地窈窕美麗，又似弄玉乘鳳，蕭史乘龍，昇天而去，或是像姮娥竊藥，服之奔蟾宮成仙。除此，尚追尋仙風仙影，如王遠、陰長生、許邁、巫山神女、王喬、赤松子、安期生、謫仙李白等仙人，這些仙人們的降臨，是雷填雨冥，山風振野；是乘龍載雲而至的形象。然蘇軾自己既希望能如仙人的逍遙自得，又希望對百姓關懷，能有番政績建樹。蘇軾的仰慕仙人的作風，是超越於世，也是對現實社會的一種不滿與投射。而營造仙境的目的，是詩人對遐想的仙境，營造美好景象，藉以可觀覽、可幻遊，置身洞天福地的仙境中，真正得以自由。

第三，煉丹長生、滌慮俗念

蘇軾對自然萬化的體悟，對理想真善美的追求，對民瘼蒼生的關懷，在在顯示其儒家情懷的奮進精神。蘇軾認為神仙可學，長生可致，即以煉丹方術，導引、行氣、吐納、辟穀等修煉方法，求長生之道。他認為要練就內丹的胎息、內觀為主，成就精氣神合一的修行，煉虛以合道。再者，講究脾神，常在守「魂停」〔註10〕若常存黃庭，則達於晝夜常明的仙境。故需勤習煉丹，閉息內觀，納心丹田，懂得調息漱津，即可有不動心，做到「歸來閉戶坐，寸田且默耕。」〔註11〕的

〔註10〕梁丘子《黃庭內景玉經註·心神章第八》:「脾中央土位也，故曰常在。即黃庭之宮也。脾磨即食消，神康力壯，故曰魂停。」見（唐）梁丘子（白履忠）,（明）李一元秘著者:《黃庭經秘註二種》〈心神章第八〉（臺北：自由出版社，1976年8月），卷上，頁52。

〔註11〕蘇軾：《蘇軾詩集》〈和陶赴假江陵夜行〉，卷41，頁2259。

意念境界。蘇軾幸賴神仙思想，透過修煉、尋仙，而達到長生不死為其目的。也透過煉丹方式，去除不安。用滌慮俗念的態度，消除煩憂，進入神仙的美善，讓己身有合宜土壤空間，得以澆灌歇息。

第四，托喻神物、寄託情志

早期初民用神話詮釋自然天地萬物，種種不平常的變異現象。人們往往藉由神靈之物，寄託情志的意涵，達到托喻的訴求目的。創作者運用托喻神物的心理方式，隱藏內心對現實環境的不平及控訴。

蘇軾即是利用托喻神物，反映內心思潮與感慨。藉著神仙吟詠的文學技巧，在字裡行間浮現隱約的輪廓，傳達詩人對生活、對生命的精湛論示。不論何種托喻神物的方法，詩人的情懷，是曠達瀟灑的。亦受著道家老莊思想的浸濡、受著淵明精神的感召。他知道歲月倏忽、白駒過隙，人事變化急遽，能安於淡泊，能隨遇而安。即便暮景之年，依舊懷著「縱浪大化中」〔註 12〕生到死任其自然。唯有將自己寄託在大自然的情境，造物者是無盡藏，何不共享之？

綜論分類，爬梳蘇軾神仙吟詠詩的文學意涵，在文字創作上表述旨趣，藉由言外之意寄託情志，窺其心靈動向。透過文學媒介，語言和文字的溝通橋樑，將神仙與文學串聯而起，使蘇軾神仙吟詠詩在巧筆的運思下，發揮了極大的仙學藝術價值。

第五章析論蘇軾神仙吟詠詩的文學價值。分三部分討論：陶淵明精神的再現，生命價值的探尋，文學價值的肯定。蘇軾神仙吟詠詩的文學價值結合人生經歷，貼近生活，創造出真實與藝術的人生。因其接近神仙信仰，由欣賞領悟而至創作，提升心靈層次，延續生命的必然途徑。研究神仙吟詠詩的文學價值，主要求之於形象之外，找出屬於蘇軾的內涵，貼近瞭解蘇軾的歷史文化，也是一種人生的領悟。

第一，陶淵明精神的再現

蘇軾欣賞陶淵明的才高意遠，所寓獨妙，造語精要。陶淵明其

〔註 12〕蘇軾：《蘇軾詩集》〈問淵明〉，卷 32，頁 1716。

人，胸次浩然，其風樸拙淡然。陶詩看似質癯，實為綺腴之格，成為蘇詩晚期詩風追和對象，學陶、和陶表現澹泊質樸，使其詩藝多變。蘇軾和陶目的，不在逕自模仿，而是在既有基礎上創新，突破豪放恣肆的本色，表現出高風絕塵，藉由吟詠神仙之作，抒發其內心之抑鬱。

蘇軾嚮往自然山林，又受道教之薰陶，尤其中晚年政治受挫，想實現如陶式歸隱仕退的模式，仰慕仙人，仙風道骨，於是和陶、學陶，正符合蘇軾晚景之處境。平和澹泊的淵明精神，足以撫慰失意詩人的心靈，鄙棄世俗齷齪黑暗，回歸到最真淳乾淨的神仙世界，一如神仙在蓬萊、崑崙的仙境，享自由快樂的生活。

在嶺海惠、儋，風輕雲淡，看破塵俗，灑脫以對。深切歷練後的一種曠達式的人生探索，讓生命回歸至樸真、超自然的神仙境界。蘇軾與陶淵明作一時空交會，無言的情感匯流，使其樸實風華再現。蘇軾晚年的和陶、學陶，將「古之逸民」〔註 13〕的風範精神，流露無遺。蘇軾讓淵明精神再現，反璞歸真，提升陶詩文化精髓的高度。學陶、和陶乃是對生命理解，有更圓融的處理方式。和陶神仙吟詠詩的創作，使其晚期詩風，更顯「繁華落盡見真淳」〔註 14〕的絕倫美學特色。

第二，生命價值的探尋

人生際會偶而擦出生命火花，迸發出一種留戀，抓住剎那便是永恆。如何掌握住生命剎那的火花，使其恆久，便是人生重要課題之一。蘇軾掌握個人生命火花，承擔起生命主體與創造力，將其對

〔註 13〕（宋）黎靖德編，王星賢點校：《朱子語類》〈歷代三〉（北京：中華書局，1999 年 6 月），卷 136，頁 3243。

〔註 14〕〈七言絕句·論詩三十首·四〉:「一語天然萬古新，繁華落盡見真淳；南窗白日羲皇上，未害淵明是晉人。」見（金）元好問撰，葉慶炳、黃啟方、包根弟、林明德編輯：《元好問研究資料彙編上輯》（臺北：行政院文化建設委員會出版，文史哲出版社承印，1990 年 12 月），頁 522。

生命的熱愛擴充至大愛範圍，對生民的人道關懷；對不公義之朝政，挺身力抗；對生命價值的肯定與熱愛，積極勇敢承擔。王邦雄《緣與命》言：「人生成敗的關鍵，在價值是否能實現！生命價值是否定得住？人生真的是漂泊無依嗎？」〔註15〕然蘇軾生命價值的意義又是如何？自言如不繫之舟四處漂泊，卻依然充滿對生命的熱愛，對手足、對百姓的摯愛，有醇酒與摯友的相伴，即使浪跡荒所，放達地道出「古今多少事，都付笑談中。」〔註16〕的灑脫性情。

蘇軾對生命價值的探索，有他處世哲學的領悟。現實生活無論順逆，都坦蕩以對。蘇軾認為能為君為民服務，就承擔起儒家濟世精神；若道不行，就乘桴浮於海，到崑崙或蓬萊仙島，學仙學道，讓己身神氣相注，則百病不作。他將生活中榮辱禍福、窮達得失間的反差，擺脫逆轉局勢，反而有寬綽立足之地。透過仙學的自我體驗，求得最自然的人生態度，注重養生之道，讓生命價值是有意義的，有啟發性的。

第三，文學價值的肯定

蘇軾的文學，以生命作為書寫，以生活情感為藍本基調，是擘開時代性的一種反映成果。蘇軾神仙吟詠詩的文學作品，以想像、思想、學問並列為形式，以神仙為核心，學仙學道為踐履，結合煉丹養氣的體驗，開拓一條仙道仙學的藝術文化價值。

蘇軾性情之真，來自人生觀是泰然自若的，是寵辱不驚的。接受現實挫敗，又不失自我定位，保持生活視角高度，維護尊嚴，適時放下，放達地看待。如貶謫三處所，一個比一個荒涼艱辛，卻成就其精彩非凡的一生。他看盡人生百態，超然物外的思想，成熟理達地綰合

〔註15〕王邦雄：《緣與命》（臺北：漢光文化事業股份有限公司，1986 年 3 月），頁 59。

〔註16〕楊慎〈臨江仙〉：「滾滾長江東逝水，浪花淘盡英雄。是非成敗轉頭空，青山依舊在，幾度夕陽紅。白髮漁翁江渚上，慣看秋月春風。一壺濁酒喜相逢，古今多少事，都付笑談中。」見（明）羅貫中：《三國演義》（臺北：文化圖書公司，1978 年 3 月），頁 1。

住生命的價值。

締造文學創作的高峰在黃州；二度進出杭州，是對地方建設的奉獻；那麼，惠州、儋州則是人生顛沛潮湧的高峰，最富璀璨的生命價值所在。「人間何處不巉巖」〔註 17〕的事實，考驗年邁老翁的智慧，掌舵生命之舟，以「弱纜能爭萬里風」〔註 18〕的堅定，迎接政治風暴。他面對比惠州更糟的生存環境，蒼茫天地裡，終似神仙幻境般，得以化開窮途。人世間的苦難，透過神仙思維，追尋快樂自由，藉以排除現實中無法實現的美夢。

蘇軾善用神仙意識覺醒，用道家隨遇而安、物我忘情的思維，化解困厄，安然度過南荒貶所。心境上的解放，仙鄉樂土，以成仙的意識形態超越現實。在最後的貶放的驛站裡，釋懷地道出「回首向來蕭瑟處，也無風雨也無晴。」〔註 19〕人生哲理的最高至境。超越自我、超越巔峰，這就是經典中的蘇軾哲學。

二、蘇軾神仙吟詠詩的前瞻與迴響

文學以美妙的形式，呈現作者的思想情感。然蘇軾神仙吟詠詩的創作，在事理、思境、情志的合一協調之下，憑其天生健筆，理出對仙界的一種嚮往，對內丹神仙學的修煉，保持通往天庭仙境的神祕衢道。

當世俗人們被惡劣現實所抑制，必然尋找一處心靈淨土得以安頓。於是嚮往神仙所在之處，仙境裡有仙草靈芝、甘泉似蜜；有宏麗仙闕，處處皆美玉。神仙在此，乘雲霧、召風雨，采天地靈氣、集日月精華，過著淡泊無慮，無牽絆拘束，樂陶然的逍遙生活。這樣的神仙世界，不但是天仙樂園，也是修道者所仰慕嚮往的。蘇軾正處於道教興盛，學仙學道熱絡流行的時代，他添加神仙色彩，挹注作品內，

〔註 17〕蘇軾：《蘇軾詩集》〈慈湖夾阻風五首・其五〉，卷 37，頁 2035。
〔註 18〕蘇軾：《蘇軾詩集》〈慈湖夾阻風五首・其一〉，卷 37，頁 2034。
〔註 19〕蘇軾：《蘇軾詩集》〈獨覺〉，卷 41，頁 2284。

瀰漫仙學文化，使其創作風味多一層不同的藝術文化。

蘇軾用生命寫詩，用生活紀錄點滴，用智慧融通吸納各家思想，形塑為一代哲人的典範。蘇軾用其一生，書諸性情「使氣象崢嶸，五色絢爛，漸老漸熟，乃造平淡。」〔註20〕創造文境的高峰。蘇軾了解自己「有為而作」〔註21〕透過他自己獨特的探索，領悟把握了自然萬物之道，相互依存之理，發展形成自己的獨特思維力。他啟動創作者觀察力、思維分辨力以及想像決策力等，形成創作之風。他把握住對生命價值的肯定，藉由神仙之思，紓壓政治上的威逼，讓他在洶湧浪濤的人生，展現出頑強的生命力。蘇軾的神仙吟詠詩作，不難看出對政治失望的同時，也在人生蔭谷低潮，尋求一方桃源寄託，轉換成自己獨特的人生意趣及審美文化。

他一生歷練，就是其本性自然的流露。受到許多不平、不幸的遭遇，但從未被擊倒，而是善於排解，善於解構自己，欣賞自己生命的每一時刻。用隨緣自處、隨遇而安的態度，享受真實人生中的每一刻時光。因朝政官場派系大鬥與險惡人事，均令蘇軾卻步，難以施展大志，於是轉向神仙世界來解憂滌慮、修養存真以脫離滾盪之塵。同時追求神仙與仙境清幽的美與靜，並注重內丹養煉的修養工夫，懂得調和氣息「使真氣雲行體中」〔註22〕即祛百病，根本若立，則體魄強健。因此，時時元氣充之、盈之，保持精、氣、神的修煉涵養。以吟詠神仙之作，創作開拓詩歌另一扇生機，對生活美學的藝術審美觀，不再躊躇，而是勇敢承擔與面對。使生命未來的前瞻，用詩歌方式歌頌讚美，冀望真正進入神仙的至真至善。

然蘇軾神仙吟詠詩的前瞻，是其人格偉大與魅力呈現。生活外在環境愈艱辛困難，就愈顯其超然曠達的襟懷。他與詩共著生命，挹注活泉及創造文學最高價值。他以神仙之思反轉，沉澱雜念，透過心性

〔註20〕（宋）周紫芝撰，王雲五主編：《竹坡詩話》《叢書集成初編——觀林詩話及其他三種》（上海：商務印書館，1936年12月），頁22。

〔註21〕蘇軾：《蘇軾文集》〈題柳子厚詩二首・二〉，卷67，頁2109。

〔註22〕蘇軾：《蘇軾文集》〈與王定國四十一首・八〉，卷52，頁1518。

修煉，獲得心靈層次上的解構與超脫。所以，蘇軾認為：學仙應是澹泊恬靜，滌除貪欲，閉目內省，反聽氣息，讓己身沉靜無為，斷絕腥羶臭味，辟穀行氣。否則就算位高權重，再多豐祿財產，都將成為沉重負荷累贅。因此，當道不行，只能窮獨其身，另闢蹊徑。能與道合一，才是長生久視的仙人。若持之恆久地提煉行氣、養氣者，便是對仙的一種追求方式，故能得道，即可長生。所以，蘇軾生活無論順逆，皆然以道家道教的仙學論，養生論來提高自己生活品質與心靈世界的寧靜。透過神仙之思、神仙信仰，去突破現實的暗黑與不遂，活出放達的人生，不向厄運低頭。

本文《蘇軾神仙吟詠詩的文學意涵與價值》之研究最大收穫與迴響，除了爬梳其人、其事、其風，綜論神仙吟詠詩文學意涵與文學價值之外，應是蘇學精神的啟示與深思。自然山月永恆與否的定律？人事漩渦起伏不定，生命倏短，林林總總生活浮世繪，一幕幕發生眼前，人該思索的面向，究為如何？在於「吾生也有涯，而知也無涯。」〔註23〕的情境中，詮釋神仙吟詠詩作的新意境。透視滄桑世路，如何突破傳統，開創新世代、新視窗，讓蘇學精神於現實與神仙中取得協調平衡，並幫助處於低潮時，仍有一道光芒，導引提攜並產生正能量。學習擺脫憂慮、滌慮俗念，真正進入神仙的至真至善。

蘇軾假以神仙吟詠之作，書寫真性情，因應變化，與現實結合，發揮神仙思維的想像，建構神仙意象，用文學反映人生，傳播仙學文化與藝術美學。詩人貫通神仙信仰的道論與心性論，擴及對自然萬化的體認，崇敬神靈，敬畏自然。假以學道求仙，努力追求神仙的至高境界，達到「保性命之真，而游求於其外者。」〔註24〕便以實現神仙的特質。藉其養性延命之術，存養本性以修真悟道，回歸到人性最初衷始點，超越生命極限而長生以成仙。

〔註23〕（清）郭慶藩編，王孝魚整理：《莊子集釋》〈養生主第三〉（臺北：木鐸出版社，1988年元月），卷2上，頁115。

〔註24〕（漢）班固著，楊家駱主編：《新校本漢書并附編二種》〈藝文志第十〉（臺北：鼎文書局，1983年10月），卷30，頁1780。

蘇軾以神仙信仰方式，確立一套生活哲學，讓自己擺脫桎梏枷鎖，用煉丹修煉以長生，期望能有「眷言羅浮下，白鶴返故廬。」〔註 25〕的機會，願追隨仙人仙履，藉助乘龍、馭鳳、騎鶴等神靈之物，遨遊於九州寰宇，覓訪仙境，享受人生生命價值的最大快樂。他的一生宦遊，終驛站是「苦雨終風也解晴」〔註 26〕海天澄清的景象，否極泰來的等待，讓一代哲人知命、安命，將神仙裡的真、善、美，轉化為實際生活的一種內化活動，最終很豪邁曠達地道出「茲游奇絕冠平生」〔註 27〕。蘇軾連結綰合文學藝術與宗教信仰，挹注神仙色彩，讓蓬萊、崑崙仙境靈活靈現，宛若眼前，發揮遐思與想像，令人嚮往。蘇軾神仙吟詠詩作，豐富仙學文化的內蘊，也提振養生道學的興發。

今日學習蘇學精神，除了景仰崇敬之外，更有「風簷展書讀，古道照顏色」〔註 28〕的氣魄與省思，尋的、訪的、探的是一份淵明精神，「夸父誕宏志」〔註 29〕，「猛志固常在」〔註 30〕垂死化生後的堅韌與毅力，一種生命力的延續。並涵詠在「蘇海」〔註 31〕內，一片朗清氣

〔註 25〕蘇軾：《蘇軾詩集》〈和陶始經曲阿〉，卷 43，頁 2356。

〔註 26〕蘇軾：《蘇軾詩集》〈六月二十日夜渡海〉，卷 43，頁 2366。

〔註 27〕蘇軾：《蘇軾詩集》，卷 43，頁 2367。

〔註 28〕（宋）文天祥撰：《文山集》〈指南後錄三·正氣歌〉，《景印文淵閣四庫全書》第 1184 冊（臺北：臺灣商務印書館股份有限公司，1986 年 3 月），卷 20，頁 1184～753。

〔註 29〕（晉）陶潛撰，（宋）李公煥箋註：《箋註陶淵明集》〈讀《山海經》·其九〉（臺北：國立中央圖書館，1991 年 2 月），卷 4，頁 192。

〔註 30〕（晉）陶潛撰，（宋）李公煥箋註：《箋註陶淵明集》，卷 4，頁 193。

〔註 31〕（清）王文誥輯訂：《蘇文忠公詩編註集成·蘇海識餘》（臺北：臺灣學生書局，1987 年 10 月），卷 1，頁 3707。又《浪迹東坡路》言：「蘇軾的二千多首篇詩、三百多首詞，可謂是一片浩瀚閎麗的海洋了。我們讀木華（玄虛）的《海賦》，除了心折於大海「持拔五嶽，竭涸九州」的氣勢外，還為它能「吐雲霓，含龍魚，隱鯤鱗，潛靈居」的內涵所吸引。綜覽東坡詩詞的大海，也會使我們流連忘返，擔心的只是它太廣，不能面面俱到，太深，難免淺嚐輒止罷了。」見史良昭：《浪迹東坡路》（江蘇：古籍出版社，1995 年 1 月），頁 1。

象與人生氣格，涵養出生活藝術的審美，融通對生命的尊重與開拓文學的新價值。希望在生活的歷練裡，讓自然與人文建構出最美的神仙意境，並於神仙文化情感的氛圍下，啟發賦予現代人更寬廣無限的想像以及藝術美學的教育意義。

參考文獻

一、傳統文獻（依時代先後排序）

1.（春秋）管子撰，顏昌嶢著：《管子校釋》（湖南：嶽麓書社，1996年）。

2.（春秋）管子撰，王冬珍、徐文助、陳郁夫、陳麗桂校注：《新編管子上下冊》（臺北：國立編譯館，2002年）。

3.（春秋）左丘明作，（三國）韋昭注：《國語》（臺北：九思出版有限公司，1978年）。

4.（戰國）莊周撰：《莊周氣訣解》《正統道藏》第206冊（臺北：藝文印書館印行，1962年）。

5.（漢）司馬遷著，楊家駱主編：《新校本史記三家注并附編二種》（臺北：鼎文書局，1981年）。

6.（漢）劉向撰：《列仙傳》（臺北：藝文印書館，1967年，《百部叢書集成》影印《琳琅秘室叢書》本）。

7.（漢）王充撰：《論衡》（臺北：藝文印書館，1967年，《百部叢書集成》影印《漢魏叢書》本）。

8.（漢）班固著，楊家駱主編：《新校本漢書并附編二種》（臺北：鼎文書局，1983年）。

9.（漢）許慎著，（清）段玉裁注：《說文解字》（臺北：南嶽出版社，1980年）。

10. （晉）葛洪撰：《神仙傳》（臺北：藝文印書館，1966 年，《百部叢書集成》影印《夷門廣牘》本）。
11. （晉）葛洪撰：《抱朴子內外篇》（臺北：臺灣商務印書館股份有限公司，1968 年）。
12. （晉）王嘉撰：《拾遺記》（臺北：藝文印書館，1966 年，《百部叢書集成》影印《古今逸史》本）。
13. （晉）王嘉撰：《拾遺記》（臺北：生生印書館股份有限公司，1987 年）。
14. （晉）陶潛撰，（宋）李公煥箋註：《箋註陶淵明集十卷》（臺北：國立中央圖書館，1991 年）。
15. （晉）陶潛著，龔斌校箋：《陶淵明集校箋》（上海：上海古籍出版社，1999 年）。
16. （南朝宋）范曄著，楊家駱主編：《新校本後漢書并附編十三種》（臺北：鼎文書局，1987 年）。
17. （南朝宋）陶弘景撰：《真誥六冊》（臺北：藝文印書館，1965 年，《百部叢書集成》影印《學津討原》本）。
18. （南朝宋）陶弘景撰：《真誥二冊》（臺北：臺灣商務印書館，1965 年）。
19. （南朝梁）鍾嶸著，曹旭集注：《詩品集注》（上海：上海古籍出版社，1996 年）。
20. （南朝梁）僧祐著：《弘明集》（臺北：新文豐出版股份有限公司，1974 年）。
21. （南朝梁）昭明太子蕭統撰，（唐）李善、呂延濟、劉良、張銑、李周翰、呂向註：《增補六臣註文選》（臺北：華正書局，1981 年）。
22. （唐）歐陽詢撰：《藝文類聚》（臺北：新興書局，1969 年）。
23. （唐）房玄齡等撰，楊家駱主編：《新校本晉書并編六種》（臺北：鼎文書局，1990 年）。

24.（唐）李延壽撰，楊家駱主編：《新校本南史附索引》（臺北：鼎文書局，1985 年）。
25.（唐）司馬承禎撰，上海書店出版社編：《坐忘論一卷》《道藏》第 22 冊（上海：世紀出版集團，上海書店出版社，文物出版社，天津古籍出版社，2005 年）。
26.（唐）白履忠（梁丘子），（明）李一元秘著者：《黃庭經秘註二種》（臺北：自由出版社，1976 年）。
27.（唐）吳筠撰，上海書店出版社編：《宗玄先生玄綱論一卷》《道藏》第 23 冊（上海：世紀出版集團，上海書店出版社，文物出版社，天津古籍出版社，2005 年）。
28.（唐）呂嵒：《呂祖全書》《藏外道書（一至二十）》第 7 冊（成都：巴蜀書社，1994 年）。
29.（唐）幻真先生註：《胎息秘要歌訣》《正統道藏》第 23 冊成歲（臺北：藝文印書館印行，1962 年）。
30.（宋）李昉等撰：《太平御覽》（上海：上海古籍出版社，2008 年）。
31.（宋）李昉等編：《太平廣記（全十冊）》（北京：中華書局，1995 年）。
32.（宋）希夷陳摶注：《陰真君還丹歌注》《正統道藏》第 23 冊成歲（臺北：藝文印書館印行，1962 年）。
33.（宋）張伯端撰，上海書店出版社編：《紫陽真人悟真篇注疏八卷》《道藏》第 2 冊（上海：世紀出版集團，上海書店出版社，文物出版社，天津古籍出版社，2005 年）。
34.（宋）張伯端撰，上海書店出版社編：《紫陽真人悟真篇三注五卷》《道藏》第 2 冊（上海：世紀出版集團，上海書店出版社，文物出版社，天津古籍出版社，2005 年）。
35.（宋）張伯端撰，上海書店出版社編：《玉清金笥青華秘文金寶內鍊丹訣三卷》《道藏》第 4 冊（上海：世紀出版集團，上海書店出版社，文物出版社，天津古籍出版社，2005 年）。

36.（宋）張君房輯：《雲笈七籤》（北京：齊魯書社，1988 年）。
37.（宋）歐陽脩著，楊家駱主編：《歐陽修全集》（臺北：世界書局，1961 年）。
38.（宋）蘇洵著，王雲五主編：《嘉祐集》（臺北：臺灣商務印書館，1965 年）。
39.（宋）曾鞏撰：《南豐先生元豐類稿》（臺北：臺灣中華書局據明刻本校刊，1965 年）。
40.（宋）蘇軾撰，嚴一萍選輯：《東坡書傳》（臺北：藝文印書館，1965 年，《百部叢書集成》景印《學津討原》本）。
41.（宋）蘇軾撰，嚴一萍選輯：《蘇氏易傳》（臺北：藝文印書館，1965 年，《百部叢書集成》景印《學津討原》本）。
42.（宋）蘇軾著：《東坡志林》（臺北：木鐸出版社，1982 年）。
43.（宋）蘇軾撰，喬麗華點評：《東坡志林》（青島：青島出版社，2010 年）。
44.（宋）蘇軾撰，龍榆生校箋：《東坡樂府箋》（臺北：華正書局，1983 年）。
45.（宋）蘇軾著，王文誥輯註，孔凡禮點校：《蘇軾詩集》（臺北：莊嚴出版社，1990 年）。
46.（宋）蘇軾著，屠友祥校注：《東坡題跋》（上海：遠東出版社，1996 年）。
47.（宋）蘇軾撰：《蘇東坡全集》（臺北：世界書局，1998 年）。
48.（宋）蘇軾著，石聲淮、唐玲玲箋注：《東坡樂府編年箋注》（臺北：華正書局有限公司，2005 年）。
49.（宋）蘇軾撰，郎曄選註，《續修四庫全書》編纂委員，復旦大學圖書館古籍部編：《經進東坡文集事略》《續修四庫全書》第 1315 冊（上海：上海古籍出版社，2003 年）。
50.（宋）蘇軾撰，（明）茅維編，孔凡禮點校：《蘇軾文集》（北京：中華書局，2013 年）。

51.（宋）蘇軾撰，（明）茅維編，孔凡禮點校：《蘇軾佚文彙編》（北京：中華書局，2013 年）。

52.（宋）蘇軾著，（清）馮應榴輯注，黃任軻、朱懷春校點：《蘇軾詩集合注》（上海：上海古籍出版社，2016 年）。

53.（宋）蘇轍撰，俞宗憲點校：《龍川略志・龍川別志》（北京：中華書局，1997 年）。

54.（宋）蘇轍著，陳宏天、高秀芳點校：《蘇轍集》（北京：中華書局，1999 年）。

55.（宋）黃庭堅撰：《豫章黃先生文集》《四部叢刊初編集部》（上海：上海商務印書館縮印嘉興沈氏藏宋本）。

56.（宋）米芾撰：《寶晉英光集附補遺》（臺北：藝文印書館，1966 年，《百部叢書集成》影印《涉聞梓舊》本）。

57.（宋）李廌撰：《濟南先生師友談記》（臺北：藝文印書館，1965 年，《百部叢書集成》影印《百川學海》本）。

58.（宋）釋惠洪撰：《冷齋夜話》（臺北：藝文印書館，1965 年，《百部叢書集成》影印《學津討原》本）。

59.（宋）黃徹著，湯新祥校注：《䂬溪詩話》（北京：人民文學出版社，1998 年）。

60.（宋）黃徹撰：《䂬溪詩話》（臺北：藝文印書館，1966 年，《百部叢書集成》影印《知不足齋叢書》本）。

61.（宋）朋九萬撰：《東坡烏臺詩案》（臺北：藝文印書館，1968 年，《百部叢書集成》影印《函海》本）。

62.（宋）江少虞撰：《宋朝事實類苑》（臺北：源流文化事業有限公司，1982 年）。

63.（宋）李耆卿撰，王雲五主編：《文章精義》《四庫全書珍本別輯》。

64.（宋）周紫芝撰，王雲五主編：《竹坡詩話》（上海：商務印書館，1936 年）。

65.（宋）洪興祖撰：《楚辭補註》（臺北：藝文印書館，1981 年）。
66.（宋）曾季貍著，丁福保訂：《艇齋詩話》《歷代詩話續編》（臺北：藝文印書館印行）。
67.（宋）胡仔纂集：《苕溪漁隱叢話前後集》（臺北：臺灣商務印書館股份有限公司，1968 年）。
68.（宋）晁公武撰，王雲五主編：《郡齋讀書志》（臺北：臺灣商務印書館股份有限公司印行，1968 年）。
69.（宋）李燾撰，楊家駱主編：《續資治通鑑長編》（臺北：世界書局，1983 年）。
70.（宋）曾敏行撰：《獨醒雜志》（臺北：藝文印書館，1966 年，《百部叢書集成》知不足齋叢書本影印）。
71.（宋）高文虎撰：《蓼花洲閒錄》（臺北：藝文印書館，1966 年，《百部叢書集成》影印《古今說海》本）。
72.（宋）王明清撰：《揮麈後錄》（臺北：藝文印書館，1965 年，《百部叢書集成》影印《學津討原》本）。
73.（宋）施宿編撰，四川大學中文系唐宋文學研究室編：《東坡先生年譜》《蘇軾資料彙編．下編》（北京：中華書局，2004 年）。
74.（宋）王宗稷編，明天啟元年刻本，北京圖書館編：《東坡先生年譜》《北京圖書館藏珍本年譜叢刊》第 19 冊（北京：北京圖書館出版社，1999 年）。
75.（宋）王宗稷編，四川大學中文系唐宋文學研究室編：《東坡先生年譜》《蘇軾資料彙編．下編》（北京：中華書局，2004 年）。
76.（宋）謝守灝編，上海書店出版社編：《太上混元老子史略三卷》《道藏》第 17 冊（上海：世紀出版集團，上海書店出版社，文物出版社，天津古籍出版社，2005 年）。
77.（宋）史崧集註，上海書店出版社編：《黃帝素問靈樞集註》《道藏》第 21 冊，（上海：世紀出版集團，上海書店出版社，文物出版社，天津古籍出版社，2005 年）。

78.（宋）羅願撰，洪焱祖釋：《爾雅翼》（臺北：藝文印書館，1965年，《百部叢書集成》影印《學津討原》本）。
79.（宋）李攸撰：《宋朝事實》（臺北：臺灣商務印書館股份有限公司，1968 年）。
80.（宋）劉克莊撰：《後村詩話》（臺北：廣文書局，1971 年）。
81.（宋）費袞撰：《梁溪漫志》（臺北：藝文印書館，1966 年，《百部叢書集成》影印《知不足齋叢書》本）。
82.（宋）嚴羽著，郭紹虞校釋：《滄浪詩話》（臺北：里仁書局，1987年）。
83.（宋）魏慶之撰：《詩人玉屑》（臺北：臺灣商務印書館，1980年）。
84.（宋）釋志磐撰，《續修四庫全書》編纂委員，復旦大學圖書館古籍部編：《佛祖統紀》《續修四庫全書》（上海：上海古籍出版社，2003 年）。
85.（宋）黎靖德編，王星賢點校：《朱子語類》（北京：中華書局，1999年）。
86.（宋）傅藻編，明刊本，北京圖書館編：《東坡紀年錄》《北京圖書館藏珍本年譜叢刊》第 19 冊（北京：北京圖書館出版社，1999年）。
87.（宋）文天祥撰：《文山集》《景印文淵閣四庫全書》第 1184 冊（臺北：臺灣商務印書館股份有限公司，1986 年）。
88.（宋）彭百川撰：《太平治跡統類》《四庫全書珍本五集》（臺北：臺灣商務印書館，1974 年）。
89.（金）元好問撰，葉慶炳、黃啟方、包根弟、林明德等編輯：《元好問研究資料彙編上下輯》（臺北：行政院文化建設委員會出版，1990 年）。
90.（元）脫脫等修撰，楊家駱主編：《新校本宋史并附編三種》（臺北：鼎文書局，1983 年）。

91.（元）脫脫等撰：《宋史元至正刊本》（臺北：臺灣商務印書館股份有限公司，1988 年）。
92.（元）陳沖素撰，上海書店出版社編：《陳虛白規中指南二卷》《道藏》第 4 冊（上海：世紀出版集團，上海書店出版社，文物出版社，天津古籍出版社，2005 年）。
93.（明）羅貫中著：《三國演義》（臺北：文化圖書公司，1978 年）。
94.（清）王夫之等著，丁福保編：《清詩話全一冊》（臺北：明倫出版社，1971 年）。
95.（清）葉燮著，霍松林校注：《原詩．一瓢詩話．說詩晬語》（北京：人民文學出版社，1998 年）。
96.（清）吳之振、呂劉良、吳自牧選，（清）管庭芬、蔣光煦補：《宋詩鈔》（北京：中華書局，1996 年）。
97.（清）陳夢雷集成原編者，楊家駱類編主編者：《博物彙編神異典》《鼎文版古今圖書集成》（臺北：鼎文書局，1977 年）。
98.（清）沈德潛選，王雲五主編：《清詩別裁》（臺北：臺灣商務印書館股份有限公司，1978 年）。
99.（清）董誥等奉敕編纂：《欽定全唐文》（臺北：啟文出版社，1961 年）。
100.（清）趙翼撰：《甌北詩話》（臺北：廣文書局，1991 年）。
101.（清）趙翼撰，華夫主編：《趙翼詩編年全集》（山東：天津古籍出版社，1996 年）。
102.（清）畢沅撰，《續修四庫全書》編纂委員，復旦大學圖書館古籍部編：《續資治通鑑》第 344 冊（上海：上海古籍出版社，2003 年）。
103.（清）王文誥輯訂：《蘇文忠公詩編註集成》（臺北：臺灣學生書局，1987 年）。
104.（清）王文誥輯注，《續修四庫全書》編纂委員，復旦大學圖書館古籍部編：《蘇文忠公詩編註集成》《續修四庫全書》第 1315 冊

（上海：上海古籍出版社，2003 年）。
105.（清）阮元校勘：《十三經注疏》（臺北：藝文印書館股份有限公司，2001 年）。
106.（清）洪頤煊輯：《歸藏》（臺北：藝文印書館，1970 年，《百部叢書集成》影印《經典集林》本）。
107.（清）梁廷枏纂：《東坡事類》（臺北：廣文書局有限公司，1981 年）。
108.（清）方東樹著：《昭昧詹言》（臺北：廣文書局，1962 年）。
109.（清）劉熙載著：《藝概》（臺北：廣文書局，1964 年）。
110.（清）戴肇辰撰：《瓊臺紀事錄》（臺北：國家圖書館善本書室）。
111.（清）朱庭珍著：《續修四庫全書》編纂委員會，復旦大學圖書館古籍部編：《筱園詩話》《續修四庫全書》（上海：上海古籍出版社，2003 年）。
112.（清）郭慶藩編，王孝魚整理：《莊子集釋》（臺北：木鐸出版社，1988 年）。
113.（清）江標輯：《欽定四庫全書總目提要》（臺北：藝文印書館，1966 年，《百部叢書集成》影印《靈鶼閣叢書第一函》本）。
114.（清）王國維著：《王國維戲曲論文集——《宋元戲曲考》及其他》（臺北：里仁書局，2000 年）。
115. 上海書店出版社編：《道藏（全三十六冊附索引一冊）》（上海：世紀出版集團，上海書店出版社，文物出版社，天津古籍出版社，2005 年）。
116.（民）彭元藻修，王國憲纂：《儋縣志》（臺北：成文出版社，1974 年）。

二、近人論著（依作者姓氏筆劃排序）

（一）專著

1. 丁愛華：《徐州歷史文化叢書》（北京：中華書局，2005 年）。

2. 丁山：《古代神話與民族》（江蘇：江蘇文藝出版社，2011 年）。
3. 于春松：《仙與道：神仙信仰與道家修身》（海口：海南出版社，2016 年）。
4. 王水照：《蘇軾》（臺北：萬卷樓圖書有限公司，1993 年）。
5. 王水照：《蘇軾論稿》（臺北：萬卷樓圖書有限公司，1994 年）。
6. 王水照：《蘇軾研究》（北京：中華書局，2015 年）。
7. 王水照：《蘇軾選集》（北京：中華書局，2015 年）。
8. 王水照：《王水照說蘇東坡》（北京：中華書局，2015 年）。
9. 王水照：《宋代文學通論》（高雄：高雄復文圖書出版社，2000 年）。
10. 王夢鷗：《文學概論》（臺北：藝文印書館，1976 年）。
11. 王孝廉：《中國的神話與傳說》（臺北：聯經出版事業公司，1978 年）。
12. 王孝廉：《中國的神話世界——各民族的創世神話及信仰（上下冊）》（臺北：時報文化出版企業有限公司，1987 年）。
13. 王邦雄：《緣與命》（臺北：漢光文化事業股份有限公司，1986 年）。
14. 王兆祥：《中國神仙傳》（山西：山西人民出版社，1992 年）。
15. 王雲五主編，陳鼓應註譯：《老子今註今譯》（臺北：臺灣商務印書館股份有限公司，1997 年）。
16. 王明：《太平經合校（全二冊）》（北京：中華書局，1997 年）。
17. 王靜芝、王初慶等著：《千古風流——東坡逝世九百年學術研討會》（臺北：洪業文化事業有限公司，2001 年）。
18. 王友勝：《蘇詩研究史稿（修訂版）》（北京：中華書局，2010 年）。
19. 木齋：《蘇東坡研究》（北京：廣西師範大學出版社出版，1998 年）。
20. 中國社會科學院世界宗教所道教研究室：《道教文化面面觀》（山東：齊魯書社，1990 年）。

21. 中國書店編輯部：《繪圖歷代神仙傳》（北京：新華書店首都發行所發行，1991 年）。
22. 中國人民大學中文系主辦：《中國蘇軾研究（第一輯）》（北京：學苑出版社，2004 年）。
23. 《文史知識》編輯部編：《道教與傳統文化》（北京：中華書局，1992 年）。
24. 孔令宏：《宋明道教思想研究》（北京：宗教文化出版社，2002 年）。
25. 孔繁禮：《蘇軾年譜》（北京：中華書局，2016 年）。
26. 史良昭：《浪迹東坡路》（江蘇：古籍出版社，1995 年）。
27. 四川大學中文系唐宋文學研究室編：《蘇軾資料彙編．下編》（北京：中華書局，2004 年）。
28. 北京圖書館編：《北京圖書館藏珍本年譜叢刊》第 19 冊（北京：北京圖書館出版社，1999 年 4 月）。
29. 皮生慶：《宋代民眾祠神信仰研究》（上海：上海古籍出版社，2008 年）。
30. 朱東潤、李俊民、羅竹風主編：《中華文史論叢》（上海：上海古籍出版社，1979 年）。
31. 牟宗三：《生命的學問》（臺北：三民書局股份有限公司，1978 年）。
32. 牟宗三：《中國哲學十九講》（臺北：學生書局，1983 年）。
33. 牟宗三：《中國哲學的特質》（臺北：臺灣學生書局有限公司，2009 年）。
34. 安旗主編：《李白全集編年注釋（上中下）》（四川：巴蜀書社，1990 年）。
35. 任繼愈主編：《中國道教史》（上海：上海人民出版社，1991 年）。
36. 江惜美：《蘇軾詩分期代表作研究》（臺北：華正書局，1996 年）。
37. 江惜美：《蘇軾詩詞評論研究》（臺中：天空數位圖書有限公司，

2013 年）。

38. 朱光潛：《談文學》（臺北：天龍出版社，1986 年）。
39. 朱靖華：《蘇軾論》（北京：京華出版社，1997 年）。
40. 李一冰：《蘇東坡新傳》（臺北：聯經出版事業公司，1983 年）。
41. 李養正：《道教概說》（北京：中華書局，1990 年）。
42. 李豐楙：《憂與遊：六朝隋唐遊仙詩論集》（臺北：臺灣學生書局，1996 年）。
43. 李豐楙著：《仙境與遊歷：神仙世界的想像》（北京：中華書局，2010 年）。
44. 李亦圓：《宗教與神話》（廣西：廣西師範大學出版社，2004 年）。
45. 李剛：《中國道教文化》（吉林：長春出版社，2011 年）。
46. 冷德熙：《超越神話—緯書政治神話研究》（北京：東方出版社，1996 年）。
47. 呂鵬志：《道教哲學》（臺北：文津出版社有限公司，2000 年）。
48. 余秋雨：《新文化苦旅》（臺北：爾雅出版社有限公司，2008 年）。
49. 宋邦珍：《平淡與妍秀——宋詩詞論集》（高雄：春暉出版社，2012 年）。
50. 周裕鍇：《宋代詩學通論》（四川：巴蜀書社，1997 年）。
51. 林語堂原著，宋碧雲譯：《蘇東坡傳》（臺北：遠景出版事業有限公司，2001 年）。
52. 林淑貞：《中國詠物詩「託物言志」析論》（臺北：萬卷樓圖書有限公司，2002 年）。
53. 姜聲調：《蘇軾的莊子學》（臺北：文津出版社，1999 年）。
54. 胡孚琛、呂錫琛：《道學通論：道家、道教、仙學》（北京：社會科學文獻出版社，1999 年）。
55. 洪丕謨：《中國方術的大智慧》（臺北：林鬱文化事業有限公司，2000 年）。
56. 范恩君：《道教神仙》（北京：宗教文化出版社，2007 年）。

57. 祝尚書：《宋代文學探討集》（鄭州：大象出版社，2007 年）。
58. 袁珂：《山海經校注》（臺北：里仁書局，1981 年）。
59. 袁珂：《袁珂神話論集》（四川：四川大學出版社，1996 年）。
60. 袁珂：《中國神話傳說》（北京：人民文學出版社，1998 年）。
61. 華正書局編輯部：《校訂本中國文學發展史》（臺北：華正書局，1982 年）。
62. 馬書田：《華夏諸神——道教卷》（臺北：雲龍出版社，1995 年）。
63. 馬昌儀選編：《中國神話學百年文論選（上、下冊）》（陝西：陝西師範大學出版總社有限公司，2013 年）。
64. 卿希泰：《簡明中國道教通史》（四川，四川人民出版社，2001 年）。
65. 徐華：《道家思潮與晚周秦漢文學形態》（武漢：華中師範大學出版社，2008 年）。
66. 孫亦平：《道教的信仰與思想》（臺北：東大圖書股份有限公司，2008 年）。
67. 高莉芬：《蓬萊神話：神山、海洋與洲島的神聖敘事》（臺北：里仁書局，2008 年）。
68. 涂美雲：《北宋黨爭與文禍、學禁之關係研究》（臺北：萬卷樓圖書股份有限公司，2014 年）。
69. 郭紹虞校輯：《宋詩話輯佚》（臺北：文泉閣出版社，1972 年），4 月。
70. 梅新林：《仙話——神人之間的魔幻世界》（上海：三聯書店上海分店，1992 年）。
71. 常振國、降雲編輯者：《歷代詩話論作家〈二〉》（臺北：黎明文化事業股份有限公司，1993 年）。
72. 許地山：《道教史》（江蘇：華東師範大學出版社，1996 年）。
73. 崔富章注譯，莊耀郎校閱：《新譯嵇中散集》（臺北：三民書局股份有限公司，1998 年）。

74. 康震：《蘇東坡》（臺北：木馬文化事業股份有限公司，2010 年）。
75. 曾棗莊：《三蘇文藝思想》（臺北：學海出版社，1995 年）。
76. 曾棗莊、曾濤編：《蘇詩彙評》（臺北：文史哲出版社，1998 年）。
77. 曾棗莊：《宋代文學與宋代文化》（上海：上海人民出版社，2006 年）。
78. 曾棗莊：《三蘇評傳》（上海：上海書店出版社，2016 年）。
79. 張高評：《宋詩之傳承與開拓》（臺北：文史哲出版社，1990 年）。
80. 張高評主編：《宋代文學研究叢刊第八期》（高雄：麗文文化事業股份有限公司，2003 年）。
81. 張雙英：《中國文學批評的理論與實踐》（臺北：國文天地雜誌社，1990 年）。
82. 張起鈞：《智慧的老子》（臺北：東大圖書股份有限公司，1992 年）。
83. 張曉敏：《道教十日談》（合肥：安徽文藝出版社，1994 年）。
84. 張志堅：《道教神仙與內丹學》（北京：宗教文化出版社，2003 年）。
85. 張海鷗：《北宋詩學》（河南：河南大學出版社，2007 年）。
86. 張兆勇：《蘇軾和陶詩與北宋文人詞》（北京：北京師範大學出版集團，安徽大學出版社，2010 年）。
87. 葛兆光：《道教與中國文化》（上海：上海人民出版社，1991 年）。
88. 葛兆光：《中國宗教、學術與思想散論》（香港：三聯書店（香港）有限公司，2008 年）。
89. 傅錫壬：《中國神話與類神話研究》（臺北：文津出版社，2005 年）。
90. 黃兆漢：《中國神仙研究》（臺北：臺灣學生書局，2001 年）。
91. 楊樹喆、徐贛麗、海力波：《神秘方術面面觀》（濟南：齊魯書社，2001 年）。

92. 楊雪真編著：《千古文豪——蘇東坡》（臺北：驛站文化事業有限公司，2001 年）。
93. 楊挺：《宋代心性中和詩學研究》（成都：巴蜀書社，2008 年）。
94. 趙齊平：《宋詩臆說》（北京：北京大學出版社，1996 年）。
95. 聞一多：《伏義考》（上海：上海古籍出版社，2011 年）。
96. 鄭土有：《曉望洞天福地——中國的神仙與神仙信仰》（陝西：陝西人民出版社，1991 年）。
97. 鄭熙亭：《東游尋夢．蘇軾傳》（北京：東方出版社，1999 年）。
98. 鄭素春：《道教信仰、神仙與儀式》（臺北：臺灣商務印書館股份有限公司，2002 年）。
99. 鄭芳祥：《出處死生——蘇軾貶謫嶺南文學作品主題研究》（四川：巴蜀書社，2006 年）。
100. 潛明茲：《中國神話學》（寧夏：寧夏人民出版社，1996 年）。
101. 潛明茲：《中國古代神話與傳說》（北京：商務印書館，1996 年）。
102. 潛明茲：《中國神話學》（上海：上海人民出版社，2008 年）。
103. 劉萍著：《文學概論》（臺北：華正書局有限公司，1980 年）。
104. 劉少雄：《會通與適變——東坡以詩為詞論題新銓》（臺北：里仁書局，2006 年）。
105. 劉連朋、顧寶田注譯：《新譯黃庭經．陰符經》（臺北：三民書局股份有限公司，2008 年）。
106. 戴新民：《素問今釋》（臺北：啟業書局有限公司，1985 年）。
107. 謝桃坊：《蘇軾詩研究》（四川，巴蜀書社，1987 年）。
108. 韓廷傑、韓建斌著：《道教與養生》（臺北：文津出版社，1997 年）。
109. 鍾來因：《蘇軾與道家道教》（臺北：臺灣學生書局，1990 年）。
110. 鍾宗憲：《中國神話的基礎研究》（臺北：洪葉文化事業有限公司，2006 年）。

111. 顏進雄：《唐代遊仙詩研究》（臺北：文津出版社有限公司，1996 年）。
112. 嚴既澄選註：《蘇軾詩》（臺北：臺灣商務印書館股份有限公司，1997 年）。
113. 龔鵬程：《中國文學史》（臺北：里仁書局，2012 年）。
114.〔日〕吉川幸次郎著，鄭清茂譯：《宋詩概說》（臺北：聯經出版事業公司，1977 年）。
115.〔美〕韋勒克・華倫著，王夢鷗、許國衡譯：《文學論》（臺北：志文出版社，1987 年）。
116.〔美〕勒內・韋勒克、奧斯丁・沃倫著，劉向愚、邢培明、陳聖生、李哲明譯：《文學理論》（北京：文化藝術出版社，2010 年）。
117.〔美〕Rene & Wellek 著，梁伯傑譯：《文學理論》（臺北：大林出版社）。

（二）期刊論文

1. 丁常雲：〈試論道教人文精神及其現代啟示〉，《宗教哲學》第 41 期（2007 年 9 月）。
2. 王士君：〈淺論《和陶飲酒》在蘇詩中的獨特地位〉，《荷澤師專學報》第 24 卷第 3 期（2002 年 8 月）。
3. 王曉莉：〈微苦的曠達——淺析蘇軾非隱即隱的精神境界〉，《天中學刊》第 17 卷第 6 期（2002 年 12 月）。
4. 王懷義：〈漢詩「緣事而發」的詮釋界域與中國詩學傳統〉，《文學評論》第 4 期（2016 年 7 月）。
5. 巨傳友：〈東坡貶謫詩的意趣及表現特徵〉，《懷化師專學報》第 21 卷第 1 期（2002 年 2 月）。
6. 朱靖華：〈蘇軾論創造成功的七要素〉，《井岡山師範學院學報（社會科學版）》第 23 卷第 3 期（2002 年 6 月）。
7. 朱靖華：〈蘇軾的綜合論及綜合研究蘇軾〉，《中國人民大學學報》第 3 期，（2002 年）。

8. 江惜美:〈析論蘇軾詩中的陽剛美〉,《臺北市立師範學院應用語言文學研究所應用語文學報》第6期(2004年6月)。
9. 李豐楙:〈不死的探求——從變化神話到神仙變化傳說〉,《中外文學》第15卷第5期(1986年10月)。
10. 李豐楙:〈不死的探求——道教信仰的介紹與分析(上)〉,《宗教世界》第10卷第2/3期=總38/39期(1989年4月)。
11. 李豐楙:〈不死的探求——道教信仰的介紹與分析(中)〉,《宗教世界》。第10卷第4期～第11卷第1期=總40/41期(1989年4月)。
12. 李豐楙:〈不死的探求——道教信仰的介紹與分析(下)〉,《宗教世界》第11卷第2/3期=總42/43期(1990年4月)。
13. 李慕如:〈東坡詩文中道家道教思想之玄蘊〉,《中國學術年刊》第18期(1997年3月)。
14. 吳琳:〈蘇洵與釋道〉,《宗教學研究》第2期(1999年2月)。
15. 吳帆、李海帆:〈含激憤於婀娜之中,寄妙理於曠達之外——析《蝶戀花》探索蘇軾謫惠前後的心路歷程〉,《惠州學院學報(社會科學版)》第22卷第5期(2002年10月)。
16. 李釗鋒:〈蘇軾《和陶詩》深層意蘊探論〉,《九江師專學報(哲學社會科學版)》第3期(總第116期)(2002年)。
17. 李貞慧:〈典範、對位、自我書寫:論蘇軾集中的《和陶擬古》九首〉,《清華學報》新第36卷第2期(2006年12月)。
18. 李遠國:〈存思、存神與內觀〉,《宗教哲學》第42期(2007年12月)。
19. 李文鈺:〈漂泊與思歸——從東坡詞中的他界意象論其內在追尋〉,《漢學研究》第27卷第1期(2009年3月)。
20. 汪析瑜:〈東坡詞仙鄉書寫析論〉,《高雄科大文文社會科學學報》第10卷第1期(2013年7月)。
21. 李芳、張蓉:〈略論蘇軾的人品與文化性格〉,《中華文化論壇》

第 5 期（2014 年 5 月）。

22. 林佳蓉：〈宋代崇道風氣與詩歌創作初探〉，《宋代文學研究叢刊》第 2 期（1996 年 9 月）。
23. 周先慎：〈論蘇軾的人格魅力〉，《北京大學學報》第 39 卷第 2 期（2002 年 3 月）。
24. 林鍾勇：〈瀰漫求仙色彩的詞作——白玉蟾道教神仙詞析論〉，《世界宗教學刊》第 4 期（2004 年 12 月）。
25. 林融禪：〈蘇軾超曠之生命觀想及其內在實質析探〉，《文學前瞻》第 6 期（2005 年 7 月）。
26. 金昕：〈人格修為：中國美學傳統的再審觀〉，《文藝爭鳴》理論綜合版總第 160 期（2009 年 5 月）。
27. 林文哲：〈道教神仙信仰的生命觀〉，《神學與教會》第 36 卷第 2 期，（2011 年 6 月）。
28. 姜聲調：〈蘇東坡論「莊子及其書」〉，《書目季刊》第 33 卷第 2 期（1999 年 9 月）。
29. 施淑婷：〈蘇軾遷謫內緣因素之探求〉，《萬竅——中華通識教育學刊》第 4 期（2006 年 11 月）。
30. 胡傳吉：〈關於文學的超越〉，《文藝爭鳴》當代文學版總第 157 期（2009 年 2 月）。
31. 姚華：〈蘇軾詩歌的「仇池石」意象探析〉，《文學遺產》第 3 期（2016 年 5 月）。
32. 孫元璋：〈崑崙神話與蓬萊仙話〉，《民間文學論壇》第 5 期（1989 年 9 月）。
33. 馬得禹：〈問汝平生功業，黃州、惠州、儋州——仕宦經歷與蘇軾思想的轉變〉，《甘肅教育學院學報》第 18 期（2002 年 4 月）。
34. 高齡芬：〈蘇東坡文學表現中的道家哲思〉，《北台通識學報》第 2 期（2006 年 3 月）。
35. 孫嘉鴻：〈道教辟穀食氣術初探〉，《嘉南學報人文類》第 33 期

（2007 年 12 月）。
36. 孫亦平：〈論道教身心觀的文化特質及其現代意義〉，《宗教大同》第 7 期（2008 年 12 月）。
37. 孫嘉鴻：〈道教胎息術今探〉，《嘉南學報人文類》第 34 期（2008 年 12 月）。
38. 海波：〈「生死齊一」——先秦道家對傳統死亡哲學的消解和重構〉，《宗教哲學》第 49 期（2009 年 9 月）。
39. 孫嘉鴻：〈道教存思術探微〉，《宗教哲學》第 54 期（2010 年 12 月）。
40. 康震：〈弘揚傳統，創新話語，貢獻智慧——中國古代文學研究的文化擔當與時代使命〉，《文學評論》第 6 期（2016 年 11 月）。
41. Cassirer 原作，張秀亞譯：〈詩與想像〉，《輔仁大學文學院人文學報》第 2 期（1972 年 1 月）。
42. 黃博靖：〈神仙思想之由來〉，《古今談》第 180 期（1980 年 5 月）。
43. 張磊：〈論仙話的形成與發展〉，《民間文藝季刊》第 1 期（總第九期）（1986 年 2 月）。
44. 黃建華：〈蘇軾與士大夫趣味〉，《上海大學學報（社會科學版）》第 9 卷第 5 期（2002 年 9 月）。
45. 程地宇：〈神女：質疑與認同——蘇軾詩詞中巫山神女題材和典故體現的文化心態及其哲學根源〉，《重慶三峽學院學報》第 18 卷第 1 期（2002 年）。
46. 張海鷗：〈蘇軾外任或謫居時期的疏狂心態〉，《中國文化研究》夏之卷（2002 年）。
47. 黃偉倫：〈論蘇軾〈和陶詩〉中的「本色」意義〉，《高雄師大學報》第 21 期（2006 年 7 月）。
48. 黃彩勤：〈蘇軾黃州山水詩的心靈世界——歸隱情結的萌生與超曠胸懷的成型〉，《弘光人文社會學報》第 12 期（2010 年 5 月）。

49. 傅錫壬：〈窺探「靈異傳聞」中「異次元」的巧構〉，《中國文化大學中文學報》第 29 期（2014 年 10 月）。
50. 雷曉鵬：〈却後五百年，騎鶴返故鄉——論蘇軾的道教神仙審美人格理想〉，《中國道教》第 6 期（2002 年 12 月）。
51. 葛壯：〈簡論道教尊崇老者的文化特徵及人文精神〉，《宗教哲學》第 41 期（2007 年 9 月）。
52. 楊東聲：〈「淵明墮詩酒」：蘇軾的和陶詩與陶詩的再評價〉，《香港中文大學中國文化研究所學報》第 49 期（2009 年）。
53. 蓋琦紓：〈論蘇軾的形神養生〉，《高醫通識教育學報》第 1 期（2006 年 7 月）。
54. 趙容俊：〈早期中國醫學代表著作考察〉，《書目季刊》第 48 卷第 3 期（2014 年 12 月）。
55. 劉慧珠：〈莊子與神仙思想關係初探〉，《孔孟月刊》第 29 卷第 12 期＝總 348 期（1991 年 8 月）。
56. 劉秋固：〈張紫陽內丹術的超個人心理學思想〉，《宗教哲學》第 7 卷第 1 期（總 25 期）（2001 年 3 月）。
57. 蔡林波：〈「神仙亦人」：道教人本思想管窺〉，《宗教哲學》第 41 期（2007 年 9 月）。
58. 鄭燦山：〈道教內丹的思想類型及其意義——以唐代鍾呂《靈寶畢法》為論述核心〉，《臺灣宗教研究》第 9 卷第 1 期（2010 年 6 月）。
59. 賴賢宗：〈內丹與道家美學〉，《丹道文化》第 25 期（2001 年 4 月）。
60. 賴賢宗：〈詩的意境美學與禪的意境美學〉，《世界中國哲學學報》第 6 期（2002 年 1 月）。
61. 蕭麗華：〈東坡詩論中的禪喻〉，《佛學研究中心學報》第 6 期（2001 年 7 月）。
62. 蕭進銘：〈從外丹到內丹——兩種形上學的轉移〉，《清華學報》

新第36卷第1期（2006年6月）。
63. 蕭登福：〈從道教的生命觀看道教的人文關懷〉，《宗教哲學》第39期（2007年3月）。
64. 薛姍：〈論蘇軾曠達與超脫的人生哲學〉，《文化論壇》第5期（2014年）。
65. 鄺明威：〈宋濂的內丹養生法——兼論其儒、道會通思維〉，《鵝湖》第43卷第9期（2018年3月）。

（三）論文集論文

1. 陳晉：〈關於文學藝術的本質特徵的探討〉，《中外文學研究參考》（北京：中外文學研究參考編輯部，1985年7月）。
2. 閻雲翔：〈試論龍的研究〉，《中國神話學百年文論選下冊》（陝西：陝西師範大學出版總社有限公司，2013年10月）。
3. 顧頡剛：〈《莊子》和《楚辭》中崑崙和蓬萊兩個神話系統的融合〉，《中華文史論叢一九七九年第二輯（總第十輯）》（上海：上海古籍出版社，1979年4月）。

（四）學位論文

1. 王思齊：《生命定位與自覺書寫——蘇軾《和陶詩》研究》（新竹：國立清華大學中國文學系所碩士論文，2017年7月）。
2. 江佳芳：《蘇軾詩歌神話運用研究》（臺北：國立政治大學國文教學碩士在職專班碩士論文，2010年7月）。
3. 李慕如：《東坡詩文思想之研究》（臺北：國立臺灣師範大學國文研究所博士論文，1998年6月）。
4. 李文鈺：《宋詞中的神話特質與運用》（臺北：國立臺灣大學中國文學研究所博士論文，2004年5月）。
5. 吳詩晴：《蘇軾詞中的遊仙意識探究》（新竹：國立新竹教育大學中國語文學系碩士班中文組碩士論文，2015年1月）。
6. 姜聲調：《蘇軾的莊子學》（臺北：國立臺灣師範大學國文研究所

博士論文，1999 年 6 月）。

7. 陳雅娟：《蘇軾遊仙詩研究》（彰化：國立彰化師範大學國文研究所國語文教學碩士班碩士論文，2006 年 7 月）。
8. 蔡孟芳：《蘇軾詩中的生命觀照》（臺北：國立政治大學中國文學系 95 學年度碩士學位論文，2007 年 7 月）。
9. 盧曉輝：《宋代游仙詩研究》（大陸南京師範大學碩士論文，2004 年 1 月）。

（五）引用報紙

1. 葉國居：〈〈客家新釋〉洗盪〉，《聯合報》，第 D3 版，2018 年 8 月 7 日。
2. 李進文：〈東坡〉，《聯合報》，第 D3 版，2018 年 8 月 26 日。

附錄　蘇軾神仙吟詠詩各時期引錄之詩

一、出川初試啼聲期：仁宗嘉祐四年（1059）至嘉祐五年（1060）

出川時期與神仙主題相關的詩作，臚列如下：

編號	紀　年	詩　名	神仙吟詠詩句	主題	卷數，頁數	寫作地點
1	仁宗嘉祐四年（1059）	〈留題仙都觀〉	學仙度世豈無人，餐霞絕粒長苦辛。	修養存真	卷1，頁18	眉山→開封
2		〈仙都山鹿〉	長松千樹風蕭瑟，仙宮去人無咫尺。	修養存真	卷1，頁19	眉山→開封
3		〈江上值雪，效歐陽體，限不以鹽玉鶴鷺絮蝶飛舞之類為比，仍不使皓白潔素等字，次子由韻〉	高人著屐踏冷冽，飄拂巾帽真仙姿。	解憂避世	卷1，頁20	眉山→開封
4		〈竹枝歌〉	乘龍上天去無蹤，草木無情空寄泣。	托喻神物	卷1，頁24	眉山→開封
5		〈過木櫪觀〉	洞府煙霞遠，人間爪髮枯。	營造仙境	卷1，頁26	眉山→開封

6		〈巫山〉	世人喜神怪，論說驚幼稺。楚賦亦虛傳，神仙安有是。	滌慮俗念	卷1，頁33	眉山→開封
7		〈神女廟〉	神仙豈在猛，玉座幽且閑。	仰慕仙人	卷1，頁36	眉山→開封
8		〈蝦蟇背〉	當時龍破山，此水隨龍出。	托喻神物	卷1，頁43	眉山→開封
9	嘉祐五年（1060）	〈荊州十首・其五〉	遊人多問卜，傖叟盡攜龜。	托喻神物	卷2，頁65	眉山→開封
10		〈荆門惠泉〉	傳聞此山中，神物懶遭謫。	托喻神物	卷2，頁68	眉山→開封
11		〈隆中〉	山中有遺貌，矯矯龍之姿。龍蟠山水秀，龍去淵潭移。	托喻神物	卷2，頁77	眉山→開封
12		〈雙鳧觀〉	雙鳧偶為戲，聊以驚世頑。不然神仙迹，羅網安能攀。	仰慕仙人	卷2，頁82	眉山→開封
13		〈次韻水官詩并引〉	天姿儼龍鳳，雜沓朝鵬鱣。	托喻神物	卷2，頁88	眉山→開封

二、仕宦風華展現期

（一）鳳翔任官：仁宗嘉祐六年（1061）至英宗治平元年（1064）

鳳翔時期與神仙主題相關的詩作，臚列如下：

編號	紀　年	詩　名	神仙吟詠詩句	主題	卷數，頁數	寫作地點
1	仁宗嘉祐六年（1061）	〈鳳翔八觀并敘・王維吳道子畫〉	摩詰得之於象外，有如仙翮謝籠樊。	寄託情志	卷3，頁108	鳳翔
2	嘉祐七年（1062）	〈壬寅二月，有詔令郡吏分往屬縣減決囚禁。自十三日受命出府，至寶雞、虢、郿、盩厔四縣。	問道遺踪在，登仙往事悠。御風歸汗漫，閱世似蜉蝣。	仰慕仙人	卷3，頁122	鳳翔

		既畢事，因朝謁太平宮，而宿於溪溪堂，遂並南山而西，至觀樓、大秦寺、延生觀、仙遊潭。十九日乃歸。作詩五百言，以記凡所經歷者寄子由〉				
3		〈留題延生觀後山上小堂〉	深谷野禽毛羽怪，上方仙子鬢眉纖。不慚弄玉騎丹鳳，應逐嫦娥駕老蟾。	營造仙境	卷3，頁130	鳳翔
4		〈留題仙遊潭中興寺，寺東有玉女洞，洞南有馬融讀書石室，過潭而南。山石益奇，潭上有橋，畏其險，不敢渡〉	獨攀書室窺巖竇，還訪仙姝款石闥。猶有愛山心未至，不將雙腳踏飛梯。	營造仙境	卷3，頁130	鳳翔
5		〈樓觀〉	丹砂久窖井水赤，白朮誰燒廚竈香。聞道神仙亦相過，只疑田叟是庚桑。	煉丹長生	卷3，頁131	鳳翔
6		〈真興寺閣禱雨〉	太守親從千騎禱，神翁遠借一杯清。	營造仙境	卷3，頁140	鳳翔
7		〈攓雲篇并引〉	竟誰使令之，衮衮從空下。龍移相排拶，鳳舞或頹亞。	托喻神物	卷3，頁141	鳳翔
8		〈太白詞并敘・其一〉	風振野，神將駕。載雲罕，從玉虬。	營造仙境	卷4，頁152	鳳翔
9	嘉祐八年（1063）	〈次韻子由以詩見報編禮公，借雷琴，記舊曲〉	應有仙人依樹聽，空教瘦鶴舞風騫。	營造仙境	卷4，頁173	鳳翔
10		〈二十六日五更起行，至磻溪，天未明〉	至人舊隱白雲合，神物已化遺蹤蜿。安得夢隨霹靂駕，馬上傾倒天瓢翻。	寄託情志	卷4，頁174	鳳翔

（二）朝闕開封

蘇軾朝闕開封期，分為兩階段：一為神宗熙寧二年（1069）至熙寧三年（1070），二為神宗元豐八年（1085）。

朝闕開封時期與神仙主題相關的詩作，臚列如下：

編號	紀　年	詩　名	神仙吟詠詩句	主題	卷數，頁數	寫作地點
1	神宗熙寧三年（1070）	〈送劉攽倅海陵〉	讀書不用多，作詩不須工，海邊無事日日醉，夢魂不到蓬萊宮。	寄託情志	卷 6，頁 242	開封
2	神宗元豐八年（1085）	〈次韻王定國得潁倅二首‧其一〉	仙風入骨已淩雲，秋水為文不受塵。一噫固應號地籟，餘波猶足挂天紳。	解憂避世	卷 26，頁 1394	萊州→齊州→開封
3		〈次韻王定國得潁倅二首‧其二〉	自少多言晚聞道，從今閉口不論文。灩翻白獸樽中酒，歸煮青泥坊底芹。	解憂避世	卷 26，頁 1395	萊州→齊州→開封
4		〈次韻穆父舍人再贈之什〉	游仙夢覺月臨幌，賀雨詩成雲滿山。	營造仙境	卷 26，頁 1406	萊州→齊州→開封

（三）元祐返闕

元祐返闕期，分為兩階段：第一階為哲宗元祐元年（1086）至元祐三年（1088），第二階為哲宗元祐七年（1092）至元祐八年（1093）。

第一階元祐返闕初期與神仙主題相關的詩作，臚列如下：

編號	紀　年	詩　名	神仙吟詠詩句	主題	卷數，頁數	寫作地點
1	哲宗元祐元年（1086）	〈次韻王覿正言喜雪〉	神龍久潛伏，一怒勢必倍。行當見三白，拜舞讙萬歲。	托喻神物	卷 27，頁 1426	開封
2		〈送陳睦知潭州〉	我得生還雪髯滿，君亦老嫌金帶重。有如社燕與秋鴻，相逢未穩還相送。	解憂避世	卷 27，頁 1427	開封

3		〈用前韻答西掖諸公見和〉	春還宮柳腰支活，水入御溝鱗甲動。借君妙語發春容，顧我風琴不成弄	托喻神物	卷27，頁1429	開封
4		〈次韻錢舍人病起〉	牀下龜寒且耐支，杯中蛇去未應衰。	托喻神物	卷27，頁1440	開封
5		〈送賈訥倅眉二首・其二〉	試看一一龍蛇活，更聽蕭蕭風雨哀。便與甘棠同不剪，蒼髯白甲待歸來。	托喻神物	卷27，頁1452	開封
6		〈虢國夫人夜游圖〉	人間俯仰成今古，吳公臺下雷塘路。	寄託情志	卷27，頁1462	開封
7	元祐二年（1087）	〈黃魯直以詩饋雙井茶，次韻為謝〉	列仙之儒瘠不腴，只有病渴同相如。明年我欲東南去，畫舫何妨宿太湖。	仰慕仙人	卷28，頁1482	開封
8		〈趙令晏崔白大圖幅徑三丈〉	好臥元龍百尺樓，笑看江水拍天流。	托喻神物	卷28，頁1482	開封
9		〈送錢承制赴廣西路分都監〉	舞鳳尚從天日下，收駒時有渥洼姿。	托喻神物	卷28，頁1486	開封
10		〈再和二首・其二〉	桂觀飛樓凌霧起，仙幢寶蓋拂天來。	營造仙境	卷28，頁1491	開封
11		〈次韻子由送家退翁知懷安軍〉	事既喜違願，天或不假齡。今如圖中鶴，俯仰在一庭。	托喻神物	卷28，頁1496	開封
12		〈次韻子由書李伯時所藏韓幹馬〉	天馬西來從西極，勢與落日爭分馳。龍膺豹股頭八尺，奮迅不受人間羈。	托喻神物	卷28，頁1502	開封
13		〈軾以去歲春夏，侍立邇英，而秋冬之交，子由相繼入侍，次韻絕句四首，各述所懷・其一〉	坐閱諸公半廊廟，時看黃色起天庭。	營造仙境	卷28，頁1505	開封
14		〈軾以去歲春夏，侍立邇英，而秋冬之交，子由	兩鶴催頹病不言，年來相繼亦乘軒。	托喻神物	卷28，頁1506	開封

		相繼入侍，次韻絕句四首，各述所懷‧其三〉				
15		〈次韻米黻二王書跋尾二首〉	紛綸過眼未易識，磊落挂壁空雲委。歸來妙意獨追求，坐想蓬山二十秋。	營造仙境	卷29，頁1536	開封
16		〈九月十五日，邇英講《論語》，終篇，賜執政講讀史官燕於東宮。又遣中使就賜御書詩各一首，臣軾得《紫薇花絕句》，其詞云：絲綸閣下文書靜，鐘鼓樓中刻漏長。獨坐黃昏誰是伴？紫薇花對紫微郎。〉	繡裳畫衮雲垂地，不作成王剪桐戲。日高黃繖下西清，風動槐龍舞交翠。	托喻神物	卷29，頁1541	開封
17		〈謝王澤州寄長松兼簡張天覺二首‧其一〉	莫道長松浪得名，能教覆額兩眉青。便將徑寸同千尺，知有奇功似茯苓。	仰慕仙人	卷29，頁1544	開封
18		〈謝王澤州寄長松兼簡張天覺二首‧其二〉	憑君說與埋輪使，速寄長松作解嘲。無復青黏和漆葉，枉將鍾乳敵仙茅。	滌慮俗念	卷29，頁1544	開封
19		〈上韓持國〉	吾儕小人但飽飯，不有君子何能國。西湖醉臥春水船，如何為人作豐年。	寄託情志	卷29，頁1548	開封
20		〈送喬仝寄賀君六首并敘‧其一〉	豈知仙人混屠沽，爾來八十胸垂胡。上山如飛嗔人扶，東歸有約不敢渝。新年當參老仙儒，秋風西來下雙鳧，得棗如瓜分我無。	仰慕仙人	卷29，頁1551	開封

21		〈送喬仝寄賀君六首并敘・其五〉	舊聞父老晉郎官，已作飛騰變化看。聞道東蒙有居處，願供薪水看燒丹。	煉丹長生	卷29，頁1554	開封
22		〈送喬仝寄賀君六首并敘・其六〉	千古風流賀季真，最憐嗜酒謫仙人。狂吟醉舞知無益，粟飯藜羹問養神。	仰慕仙人	卷29，頁1554	開封
23	元祐三年（1088）	〈韓康公坐上侍兒求書扇上二首・其二〉	一一窗扉開，更於何處覓蓬萊。天香滿秀人知否，曾到旃檀小殿來。	營造仙境	卷30，頁1565	開封
24		〈次韻答張天覺二首・其一〉	車輕馬穩轡銜堅，但有蚊蟲喜撲緣。截斷口前君莫問，人間差樂勝巢仙。	營造仙境	卷30，頁1566	開封
25		〈次韻答張天覺二首・其二〉	馭風騎氣我何勞，且要長松作土毛。亦如訶佛丹霞老，却向清涼禮白毫。	營造仙境	卷30，頁1566	開封
26		〈和宋肇遊西池次韻〉	白笑區區足官府，不如公子散神仙。	仰慕仙人	卷30，頁1570	開封
27		〈書艾宣畫四首・蓮龜〉	半脫蓮房露壓欹，綠荷深處有游龜。只應翡翠蘭苕上，獨見玄夫曝日時。	托喻神物	卷30，頁1576	開封
28		〈柏石圖詩并敘〉	蒼龍轉玉骨，黑虎抱金梶。	托喻神物	卷30，頁1578	開封
29		〈書《黃庭內景經》尾并敘〉	殿以二士蒼鶻騫，南隨道師歷山淵。山人迎笑喜我還，問誰遣化老龍眠。	托喻神物	卷30，頁1596	開封
30		〈送蹇道士歸廬山〉	綿綿不絕微風裏，內外丹成一彈指。人間俯仰三千秋，騎鶴歸來與子游。	托喻神物	卷30，頁1597	開封

31		〈題李伯時畫《趙景仁琴鶴圖》二首·其一〉	清獻先生無一錢，故應琴鶴是家傳。誰知默鼓無弦曲，時向珠宮舞幻仙。	滌慮俗念	卷 30，頁 1606	開封
32		〈書王定國所藏《烟江疊嶂圖》〉	丹楓翻鴉伴水宿，長松落雪驚醉眠。桃花流水在人世，武陵豈必皆神仙。江山清空我塵土，雖有去路尋無緣。	解憂避世	卷 30，頁 1608	開封
33		〈王晉卿作《烟江疊嶂圖》，僕賦詩十四韻，晉卿和之，語特奇麗。因復次韻，不獨紀其詩畫之美，亦為道其出處契闊之故，而終之以不忘在莒之戒，亦朋友忠愛之義也〉	人間何有春一夢，此身將老蠶三眠。山中幽絕不可久，要作平地家居仙。能令水石長在眼，非君好我當誰緣。願君終不忘在莒，樂時更賦《囚山篇》。	解憂避世	卷 30，頁 1609	開封
34		〈王晉卿所藏著色山二首·其一〉	縹緲營丘水墨仙，浮空出沒有無間。邇來一變風流盡，誰見將軍著色山。	寄託情志	卷 30，頁 1613	開封
35		〈次韻劉貢父春日賜幡勝〉	寬詔隨春出內朝，三軍喜氣挾狐貂。鏤銀錯落翻斜月，剪綵繽紛舞慶霄。	寄託情志	卷 30，頁 1618	開封

第二階元祐返闕與神仙主題相關的詩作，臚列如下：

編號	紀　年	詩　名	神仙吟詠詩句	主題	卷數，頁數	寫作地點
1	元祐七年（1092）	〈次韻范純父涵星硯月石風林屏詩〉	我時醉眠風林下，夜與漁火同青熒。撫物懷人應獨歎，作詩寄子誰當聽。	寄託情志	卷 36，頁 1926	開封

2		〈郊祀慶成詩〉	大祀乾坤合，剛辰日月明。泰壇朝埽地，魄寶夜垂精。仰御圓蒼蓋，環觀海嶽城。北流吞朔易，西極落欃槍。升燎靈光答，回鑾瑞霧迎。	營造仙境	卷36，頁1930	開封
3		〈次韻奉和錢穆父、蔣潁叔、王仲至詩四首．見和仇池〉	還朝暫接鵷鸞翼，謝病行收麋鹿姿。記取和詩三益友，他年弭節過仇池。	營造仙境	卷36，頁1936	開封
4		〈頃年楊康功使高麗，還，奏乞立海神廟於板橋。僕嫌其地湫隘，移書使遷之文登，因古廟而新之，楊竟不從。不知定國何從見此書，作詩稱道不已。僕不能記其云何也，次韻答之〉	退之仙人也，游戲於斯文。談笑出奇偉，鼓舞南海神。頃者三韓使，幾為蛟鱷吞。	仰慕仙人	卷36，頁1938	開封
5		〈僕所藏仇池石，希代之寶也，王晉卿以小詩借觀，意在於奪，僕不敢不借，然以此詩先之〉	海石來珠浦，秀色如蛾綠。坡陀尺寸間，宛轉陵巒足。連娟二華頂，空洞三茅腹。初疑仇池化，又恐瀛洲蹙。	營造仙境	卷36，頁1940	開封
6		〈次韻蔣穎叔二首．扈從景靈宮〉	道人幽夢曉初還，已覺笙簫下月壇。風伯前驅清宿霧，祝融驂乘破朝寒。	營造仙境	卷36，頁1943	開封
7		〈和叔盎畫馬〉	天驥德力備，馬外龍麟中。皇天不遺言，兀與圖畫同。	托喻神物	卷36，頁1944	開封

8		〈王晉卿示詩，欲奪海石，錢穆父、王仲至、蔣穎叔皆次韻。穆、至二公以為不可許，獨穎叔不然。今日穎叔見訪，親睹此石之妙，遂悔前語。僕以為晉卿豈可終閉不予者，若能以韓幹二散馬易之者，蓋可許也。復次前韻〉	吾今況衰病，義不忘樵牧。逝將仇池石，歸泝岷山瀆。	營造仙境	卷36，頁1945	開封
9		〈程德孺惠海中柏石，兼辱佳篇，輒復和謝〉	不知庾嶺三年別，收得曹溪一滴無。但指庭前雙柏石，要予臨老識方壺。	寄託情志	卷36，頁1949	開封
10		〈次丹元姚先生韻二首．其二〉	蓬萊在何許，弱水空相望。且當從嵇、阮，聊復數山、王。	營造仙境	卷36，頁1950	開封
11	元祐八年（1093）	〈上元侍飲樓上三首呈同列．其一〉	澹月疎星遶建章，仙風吹下御爐香。侍臣鵠立通明觀，一朵紅雲捧玉皇。	營造仙境	卷36，頁1955	開封
12		〈再送二首．其一〉	使君九萬擊鵬鯤，肯為陽關一斷魂。不用寬心九千里，安西都護國西門。	托喻神物	卷36，頁1958	開封
13		〈再送二首．其二〉	餘刃西屠橫海鯤，應余詩讖是游魂。歸來趁別陶弘景，看掛衣冠神武門。	托喻神物	卷36，頁1959	開封
14		〈次韻吳傳正枯木歌〉	古來畫師非俗士，妙想實與詩同出。龍眠居士本詩人，能使龍池飛霹靂。君雖不作丹青手，	托喻神物	卷36，頁1961	開封

			詩眼亦自工識拔。龍眠胸中有千駟，不獨畫肉兼畫骨。			
15		〈丹元子示詩，飄飄然有謫仙風氣，吳傳正繼作，復次其韻〉	蓬萊至今空，護短不養才。上界足官府，謫仙應退休。	營造仙境	卷36，頁1969	開封
16		〈次韻王定國書丹元子寧極齋〉	仙人與吾輩，寓迹同一塵。何曾五漿饋，但有爭席人。寧極無常居，此齋自隨身。	仰慕仙人	卷36，頁1969	開封
17		〈王仲至侍郎見惠稚栝，種之禮曹北垣下，今百餘日矣，蔚然有生意，喜而作詩〉	恨我追歸老，不見汝十尋。蒼皮護玉骨，旦暮視古今。何人風雨夜，臥聽飢龍吟。	寄託情志	卷36，頁1970	開封

三、外放沉潛試煉期

（一）二次任杭

第一次杭州通判任，神宗熙寧四年（1071）至熙寧七年（1074）。第二次知杭州，哲宗元祐四年（1089）至元祐五年（1090）。

1. 第一次任杭

第一次任杭與神仙主題相關的詩作，臚列如下：

編號	紀　年	詩　名	神仙吟詠詩句	主題	卷數，頁數	寫作地點
1	神宗熙寧四年（1071）	〈次韻張安道讀杜詩〉	騎鯨遁滄海，捋虎得綈袍。巨筆屠龍手，微官似馬曹。	寄託情志	卷6，頁265	開封→杭州
2		〈送張安道赴南都留臺〉	黃龍遊帝郊，簫韶鳳來儀。終然反溟極，豈復安籠池。	寄託情志	卷6，頁269	開封→杭州
3		〈陪歐陽公燕西湖〉	赤松共遊也不惡，誰能忍飢啖仙藥。	仰慕仙人	卷6，頁275	開封→杭州

			已將壽夭付天公，彼徒辛苦吾差樂。			
4		〈十月二日將至渦口五里所遇風留宿〉	平生傲憂患，久矣恬百怪。鬼神欺吾窮，戲我聊一噫。瓶中尚有酒，信命誰能戒。	寄託情志	卷 6，頁 281	開封→杭州
5		〈壽州李定少卿出餞城東龍潭上〉	山鴉噪處古靈湫，亂沫浮涎繞客舟。未暇燃犀照奇鬼，欲將燒燕出潛虬。	托喻神物	卷 6，頁 283	開封→杭州
6		〈濠州七絕・彭祖廟〉	跨歷商周看盛衰，欲將齒發鬬蛇龜。	托喻神物	卷 6，頁 285	開封→杭州
7		〈濠州七絕・塗山〉	樵蘇已入黃能廟，烏鵲猶朝禹會村。	托喻神物	卷 6，頁 285	開封→杭州
8		〈濠州七絕・浮山洞〉	人言洞府是鼇宮，升降隨波與海通。	托喻神物	卷 6，頁 288	開封→杭州
9		〈泗州僧伽塔〉	今我身世兩悠悠，去無所逐來無戀。得行固願留不惡，每到有求神亦倦。	滌慮俗念	卷 6，頁 289	開封→杭州
10		〈十月十六日記所見〉	怳疑所見皆夢寐，百種變怪旋消亡。共言蛟龍厭舊穴，魚鼈隨徙空陂塘。	寄託情志	卷 6，頁 293	開封→杭州
11		〈遊金山寺〉	江山如此不歸山，江神見怪警我頑。我謝江神豈得已，有田不歸如江水。	寄託情志	卷 7，頁 307	開封→杭州
12	熙寧五年（1072）	〈李祀寺丞見和前篇，復用元韻答之〉	何時自駕鹿車去，掃除白髮煩菖蒲。	滌慮俗念	卷 7，頁 319	杭州（一）
13		〈游靈隱寺，得來詩，復用前韻〉	溪山處處皆可廬，最愛靈隱飛來孤。喬松百尺蒼髯鬚，擾擾下笑柳與蒲。	營造仙境	卷 7，頁 322	杭州（一）

14		〈和子由柳湖久涸，忽有水，開元寺山茶舊無花，今歲盛開二首・其二〉	長明燈下石欄干，長共松杉守歲寒。葉厚有稜犀甲健，花深少態鶴頭丹。	修養存真	卷7，頁336	杭州（一）
15		〈雨中遊天竺靈感觀音院〉	蠶欲老，麥半黃，前山後山雨浪浪。農夫輟耒女廢筐，白衣仙人在高堂。	營造仙境	卷7，頁337	杭州（一）
16		〈遊徑山〉	人言山住水亦住，下有萬古蛟龍淵。道人天眼識王氣，結茅宴坐荒山巔。	營造仙境	卷7，頁347	杭州（一）
17		〈監試呈諸試官〉	蛟龍不世出，魚鮪初驚淰。至音久乃信，知味猶食棋。	托喻神物	卷8，頁366	杭州（一）
18		〈李公擇求黃鶴樓詩，因記舊所聞於馮當世者〉	夜聞三人笑語言，羽衣著屐響空山。非鬼非人意其仙，石扉三叩聲清圓。	滌慮俗念	卷8，頁373	杭州（一）
19		〈遊道場山何山〉	陂湖行盡白漫漫，青山忽作龍蛇盤。山高無風松自響，誤認石齒號驚湍。	托喻神物	卷8，頁405	杭州（一）
20		〈王復秀才所居雙檜二首・其二〉	根到九泉無曲處，世間惟有蟄龍知。	托喻神物	卷8，頁412	杭州（一）
21	熙寧六年（1073）	〈祥符寺九曲觀燈〉	波翻焰裏元相激，魚舞湯中不畏焦。明日酒醒空想像，清吟半逐夢魂銷。	滌慮俗念	卷9，頁427	杭州（一）
22		〈風水洞二首和李節推・其二〉	馮夷窟宅非梁棟，御寇車輿謝轡銜。世事漸艱吾欲去，永隨二子脫讒讒。	仰慕仙人	卷9，頁432	杭州（一）
23		〈富陽妙庭觀董雙成故宅，發地得丹鼎，覆以銅盤，承以琉璃盆，盆既破碎，丹亦	人去山空鶴不歸，丹亡鼎在世徒悲。可憐九轉功成後，却把飛昇乞內芝。	托喻神物	卷9，頁435	杭州（一）

		為人爭奪持去，今獨盤鼎在耳，二首・其一〉				
24		〈唐道人言，天目山賞俯視雷雨，每大雷電，但聞雲中如嬰兒聲，殊不聞雷電也〉	已外浮名更外身，區區雷電若為神。山頭只作嬰兒看，無限人間失箸人。	滌慮俗念	卷9，頁456	杭州（一）
25		〈孤山二詠并引・柏堂〉	道人手種幾生前，鶴骨龍筋尚宛然。雙幹一先神物化，九朝三見太平年。	托喻神物	卷10，頁480	杭州（一）
26		〈孤山二詠并引・竹閣〉	白鶴不留歸後語，蒼龍猶是種時孫。	托喻神物	卷10，頁481	杭州（一）
27		〈東陽水樂亭〉	洞庭不復來軒轅，至今魚龍舞鈞天。聞道磬襄東入海，遺聲恐在海山間。	托喻神物	卷10，頁486	杭州（一）
28		〈與周長官、李秀才遊徑山，二君先以詩見寄，次其韻二首・其二〉	龍亦戀故居，百年尚來去。至今雨雹夜，殿闇風纏霧。	托喻神物	卷10，頁488	杭州（一）
29		〈登玲瓏山〉	何年僵立兩蒼龍，瘦脊盤盤尚倚空。	托喻神物	卷10，頁492	杭州（一）
30		〈宿九仙山〉	風流王、謝古仙真，一去空山五百春。玉室金堂餘漢士，桃花流水失秦人。	仰慕仙人	卷10，頁494	杭州（一）
31		〈洞霄宮〉	庭下流泉翠蛟舞，洞中飛鼠白鴉翻。長松怪石宜霜鬢，不用金丹苦駐顏。	仰慕仙人	卷10，頁503	杭州（一）
32		〈寶山新開徑〉	回觀佛國青螺髻，踏遍仙人碧玉壺。	仰慕仙人	卷11，頁525	杭州（一）

33		〈和述古冬日牡丹四首·其三〉	當時只道鶴林仙，解遣秋光發杜鵑。	仰慕仙人	卷11，頁525	杭州（一）
34		〈錢安道席上令歌者道服〉	他日卜鄰先有約，待君投劾我休官。如今且作華陽服，醉唱儂家七返丹。	仰慕仙人	卷11，頁531	杭州（一）
35		〈惠山謁錢道人，烹小龍團，登絕頂，望太湖〉	石路縈回九龍脊，水光翻動五湖天。孫登無語空歸去，半嶺松聲萬壑傳。	托喻神物	卷11，頁532	杭州（一）
36	熙寧七年（1074）	〈刁景純賞瑞香花，憶先朝侍宴，次韻〉	鶴林神女無消息，為問何年返帝鄉。	營造仙境	卷11，頁537	杭州（一）
37		〈送柳子玉赴靈仙〉	世事方艱便猛迴，此心未老已先灰。何時夢入真君殿，也學傳呼觀主來。	營造仙境	卷11，頁545	杭州（一）
38		〈刁景純席上和謝生二首·其一〉	悞入仙人碧玉壺，一歡那復間親疎。	營造仙境	卷11，頁548	杭州（一）
39		〈虎丘寺〉	胡為百歲後，仙鬼互馳騁。	營造仙境	卷11，頁558	常州→潤州
40		〈蘇州閭丘，江君二家，雨中飲酒，二首·其一〉	小圃陰陰遍灑塵，方塘瀲瀲欲生紋。已煩仙袂來行雨，莫遣歌聲便駐雲。	營造仙境	卷11，頁561	常州→潤州
41		〈遊靈隱高峰塔〉	古松攀龍蛇，怪石坐牛羊。	托喻神物	卷12，頁577	常潤→杭州

2. 第二次任杭

第二次任杭與神仙主題相關的詩作，臚列如下：

編號	紀　年	詩　名	神仙吟詠詩句	主題	卷數，頁數	寫作地點
1	元祐四年（1089）	〈次韻錢越州〉	髯尹超然定逸群，南遊端為訪雲門。謫仙歸侍玉皇案，老鶴來乘刺史轓。	營造仙境	卷31，頁1645	開封→杭州（二）

2		〈次韻錢越州見寄〉	搔頭白髮秋無數，閉眼丹田夜自存。欲息波瀾須引去，吾儕豈獨坐多言。	修養存真	卷31，頁1651	杭州（二）
3		〈文登蓬萊閣下，石壁千丈，為海浪所戰，時有碎裂，淘灑歲久，皆圓熟可愛，土人謂此彈子渦也。取數百枚，以養石菖蒲，且作詩遺垂慈堂老人〉	蓬萊海上峰，玉立色不改。孤根捍滔天，雲骨有破碎。	營造仙境	卷31，頁1651	杭州（二）
4		〈次韻毛滂法曹感雨〉	我頃在東坡，秋菊為夕餐。永愧坡間人，布褐為我完。雪堂初覆瓦，上簟無下莞。時時亦設客，每醉笥輒殫。一笑便傾倒，五年得輕安。	寄託情志	卷31，頁1653	杭州（二）
5		〈哭王子立，次兒子迨韻三首．其三〉	龍困嘗魚服，羊假或虎蒙。恖恖成鬼錄，憒憒到天公。	托喻神物	卷31，頁1657	杭州（二）
6		〈東川清絲寄魯冀州，戲贈〉	鵝溪清絲清如冰，上有千歲交枝藤。藤生谷底飽風雪，歲晚忽作龍蛇升。	托喻神物	卷31，頁1661	杭州（二）
7	元祐五年（1090）	〈臥病彌月，聞垂雲花開，順闍黎以詩見招，次韻答之〉	道人心似水，不礙照花妍。宴座春強半，清陰月屢遷。平生無起滅，一念有陳鮮。	滌慮俗念	卷32，頁1677	杭州（二）
8		〈贈善相程傑〉	心傳異學不謀身，自要清時閱搢紳。火色上騰雖有數，急流勇退豈無人	解憂避世	卷32，頁1689	杭州（二）

9		〈次韻袁公濟謝芎椒〉	羡君清瘦真仙骨，更助飄飄鶴背軀。	仰慕仙人	卷32，頁1696	杭州（二）
10		〈次韻楊次公惠徑山龍井水〉	幻色將空眼先暗，勝遊無礙腳殊輕。空煩遠致龍淵水，寧復臨池似伯英。	營造仙境	卷32，頁1698	杭州（二）
11		〈送張嘉州〉	謫仙此語誰解道，請君見月時登樓。笑談萬事真何有，一時付與東巖酒。	滌慮俗念	卷32，頁1709	杭州（二）
12		〈送李陶通直赴清溪〉	從來勢利關心薄，此去溪山琢句新。肯向西湖留數月，錢塘初識小麒麟。	寄託情志	卷32，頁1713	杭州（二）
13		〈辯才老師退居龍井，不復出入，余往見之。嘗出，至風篁嶺。左右驚曰：「遠公復過虎溪矣。」辯才笑曰：「杜子美不云乎，與子成二老，來往亦風流。」因作亭嶺上，名曰過溪，亦曰二老，謹次辯才韻賦詩一首〉	去住兩無礙，人天爭挽留。去如龍出山，雷雨卷潭湫。來如珠還浦，魚鼈爭駢頭。此生暫寄寓，常恐名實浮。	寄託情志	卷32，頁1714	杭州（二）
14		〈問淵明〉	委運憂傷生，憂去生亦還。縱浪大化中，正為化所纏。應盡便須盡，寧復事此言。	寄託情志	卷32，頁1716	杭州（二）
15		〈寄題梅宣義園亭〉	敲門無貴賤，遂性各琴樽。我本放浪人，家寄西南坤。	解憂避世	卷32，頁1718	杭州（二）

			敝廬雖尚在，小圃誰當樊。			
16	哲宗元祐六年（1091）	〈次韻答黃安中兼簡林子中〉	羣仙正欲吾歸去，共把清風借玉川。	滌慮俗念	卷33，頁1764	杭州（二）→開封
17		〈留別蹇道士拱辰〉	笑指北山雲，訶我不歸耕。仙人漢陰馬，微服方地行。	營造仙境	卷33，頁1765	杭州（二）→開封
18		〈次韻子由書王晉卿畫山水二首・其一〉	老去君空見畫，夢中我亦曾遊。桃花縱落誰見，水到人間伏流。	滌慮俗念	卷33，頁1772	杭州（二）→開封

（二）密州：神宗熙寧七年（1074）到熙寧九年（1076）

外任密州與神仙主題相關的詩作，臚列如下：

編號	紀　年	詩　名	神仙吟詠詩句	主題	卷數，頁數	寫作地點
1	神宗熙寧七年（1074）	〈回先生過湖州東林沈氏，飲醉，以石榴皮書其家東老庵之壁云：「西鄰已富憂不足，東老雖貧樂有餘。白酒釀來因好客，黃金散盡為收書。」西蜀和仲，聞而次其韻三首。東老，沈氏之老自謂也，湖人因以名之。其子偕作詩，有可觀者〉	世俗何知貧是病，神仙可學道之餘。但知白酒留佳客，不問黃公覓素書。	營造仙境	卷12，頁588	杭州→密州
2		〈單同年求德興俞氏聚遠樓詩三首・其三〉	聞說樓居似地仙，不知門外有塵寰。幽人隱幾寂無語，心在飛鴻滅没間。	寄託情志	卷12，頁590	杭州→密州

3		〈次韻陳海州書懷〉	鬱鬱蒼梧海上山，蓬萊方丈有無間。舊聞草木皆仙藥，欲棄妻孥守市闤。	仰慕仙人	卷12，頁594	杭州→密州
4		〈次韻陳海州乘槎亭〉	人事無涯生有涯，逝將歸釣漢江槎。乘桴我欲從安石，遁世誰能識子嗟。	寄託情志	卷12，頁594	杭州→密州
5		〈次韻孫職方蒼梧山〉	聞道新春恣遊覽，羨君平地作飛仙。	仰慕仙人	卷12，頁595	杭州→密州
6		〈虎兒〉	老兔自謂月中物，不騎快馬騎蟾蜍。蟾蜍爬沙不肯行，坐令青衫垂白鬚。於菟駿猛不類渠，指揮黃熊駕黑貙。	托喻神物	卷12，頁600	杭州→密州
7	熙寧八年（1075）	〈廬山五詠・盧敖洞〉	上界足官府，飛昇亦何益。	仰慕仙人	卷13，頁620	密州
8		〈廬山五詠・聖燈巖〉	石室有金丹，山神不知秘。何必露光芒，夜半驚童稚。	煉丹長生	卷13，頁621	密州
9		〈次韻章傳道喜雨〉	陋邦一雨何足道，吾君盛德九州普。《中和》、《樂職》幾時作？試向諸生選何武。	寄託情志	卷13，頁622	密州
10		〈張安道樂全堂〉	我公天與英雄表，龍章鳳姿照魚鳥。	托喻神物	卷13，頁641	密州
11		〈和章七出守湖州二首・其一〉	方丈仙人出淼茫，高情猶愛水雲鄉。功名誰使連三捷，身世何緣得兩忘。	仰慕仙人	卷13，頁649	密州
12	熙寧九年（1076）	〈登常山絕頂廣麗亭〉	相將叫虞舜，遂欲歸蓬萊	仰慕仙人	卷14，頁686	密州
13		〈次韻周邠寄《雁蕩山圖》二首・其一〉	指點先憑采藥翁，丹青化出大槐宮。	煉丹長生	卷14，頁698	密州

14		〈次韻周邠寄《雁蕩山圖》二首・其二〉	西湖三載與君同，馬入塵埃鶴入籠。東海獨來看出日，石橋先去踏長虹。	仰慕仙人	卷14，頁699	密州

（三）徐州：神宗熙寧十年（1077）至神宗元豐二年（1079）

外任徐州與神仙主題相關的詩作，臚列如下：

編號	紀　年	詩　名	神仙吟詠詩句	主題	卷數，頁數	寫作地點
1	熙寧十年（1077）	〈送范景仁游洛中〉	道大吾何病，言深聽者寒。憂時雖早白，駐世有還丹。	滌慮俗念	卷15，頁717	濟南→徐州
2		〈書韓幹《牧馬圖》〉	樓下玉螭吐清寒，往來蹙踏生飛湍。	托喻神物	卷15，頁721	濟南→徐州
3		〈和李邦直沂山祈雨有應〉	今朝一雨聊自贖，龍神社鬼各言功。無功日盜太倉穀，嗟我與龍同此責。	托喻神物	卷15，頁734	徐州
4		〈送顏復兼寄王鞏〉	太一老仙閑不出，踵門問道今時矣。	仰慕仙人	卷15，頁743	徐州
5		〈蝎虎〉	能銜渠水作冰雹，便向蛟龍覓雲雨。守宮努力搏蒼蠅，明年歲旱當求汝。	托喻神物	卷15，頁745	徐州
6		〈河復并敘〉	吾君聖德如唐堯，百神受職河神驕。帝遣風師下約束，北流夜起澶州橋。東風吹凍收微淥，神功不用淇園竹。楚人種麥滿河淤，仰看浮槎棲古木。	寄託情志	卷15，頁765	徐州
7		〈韓幹馬十四匹〉	前者既濟出林鶴，後者欲涉鶴俯啄。最後一匹馬中龍，不嘶不動尾搖風。	托喻神物	卷15，頁768	徐州

8	神宗元豐元年（1078）	〈送李公恕赴闕〉	世上小兒多忌諱，獨能容我真賢豪。為我買田臨汶水，逝將歸去誅蓬蒿。安能終老塵土下，俯仰隨人如桔槔。	寄託情志	卷16，頁787	徐州
9		〈《虔州八境圖》八首並引・其七〉	想見之罘觀海市，絳宮明滅是蓬萊。	寄託情志	卷16，頁795	徐州
10		〈芙蓉城并敘〉	珠簾玉案翡翠屏，霞舒雲卷千娉婷。中有一人長眉青，炯如微雲淡疎星。往來三世空鍊形，竟坐誤讀《黃庭經》。天門夜開飛爽靈，無復白日乘雲軿。	營造仙境	卷16，頁807	徐州
11		〈起伏龍行并敘〉	當年負圖傳帝命，左右羲軒詔神禹。爾來懷寶但貪眠，滿腹雷霆瘖不吐。赤龍白虎戰明日，倒卷黃河作飛雨。	托喻神物	卷16，頁814	徐州
12		〈聞公擇過雲龍張山人，輒往從之，公擇有詩，戲用其韻〉	不如學養生，一氣服千息。	煉丹長生	卷16，頁815	徐州
13		〈和子由送將官梁左藏仲通〉	伏波論兵初矍鑠，中散談仙更清遠。南都從事亦學道，不惜腸空誇腦滿。問羊他日到金華，應許相將遊閬苑。	營造仙境	卷16，頁825	徐州
14		〈次韻黃魯直見贈古風二首・其一〉	期君蟠桃枝，千歲終一嘗。	修養存真	卷16，頁835	徐州
15		〈次韻黃魯直見贈古風二首・其二〉	空山學仙子，妄意笙簫聲。千金得奇藥，開視皆豨苓。	仰慕仙人	卷16，頁836	徐州

			不知市人中，自有安期生。			
16		〈次韻王鞏留別〉	無人伴客寢，惟有支牀龜。君歸與何人，文字相娛嬉。	托喻神物	卷17，頁878	徐州
17		〈次韻僧潛見贈〉	我欲仙山掇瑤草，傾筐坐歎何時盈。	修養存真	卷17，頁881	徐州
18		〈次韻舒堯文祈雪霧豬泉〉	怪詞欲逼龍飛起，險韻不量吾所及。行看積雪厚埋牛，誰與春工掀百蟄。	托喻神物	卷17，頁897	徐州
19	元豐二年（1079）	〈次韻參寥師寄秦太虛三絕句，時秦君舉進士不得．其一〉	秦郎文字固超然，漢武憑虛意欲仙。	仰慕仙人	卷17，頁904	徐州
20		〈次韻參寥師寄秦太虛三絕句，時秦君舉進士不得．其二〉	一尾追風抹萬蹄，崑崙玄圃謂朝隮。	營造仙境	卷17，頁905	徐州
21		〈次韻參寥師寄秦太虛三絕句，時秦君舉進士不得．其三〉	何妨却伴參寥子，無數新詩咳唾成。	修養存真	卷17，頁905	徐州
22		〈以雙刀遺子由，子由有詩，次其韻〉	欲試百鍊剛，要須更泥蟠。作詩銘其背，以待知者看。	托喻神物	卷18，頁929	徐州

（四）湖州：神宗元豐二年（1079）

外任湖州與神仙主題相關的詩作，臚列如下：

編號	紀　年	詩　名	神仙吟詠詩句	主題	卷數，頁數	寫作地點
1	神宗元豐二年（1079）	〈大風留金山兩日〉	龍驤萬斛不敢過，漁舟一葉從掀舞。細思城市有底忙，卻笑蛟龍為誰怒。	托喻神物	卷18，頁943	徐州→湖州
2		〈送劉寺丞赴餘姚〉	銀山動地君不看，獨愛清香生雪霧。	托喻神物	卷18，頁953	湖州

			別來聚散如宿昔，城郭空存鶴飛去。我老人間萬事休，君亦洗心從佛祖。			
3		〈和孫同年卞山龍洞禱晴〉	我來叩石戶，飛鼠翻白鴉。寄語洞中龍，睡味豈不嘉。	寄託情志	卷19，頁965	湖州
4		〈與胡祠部游法華山〉	歸途十里盡風荷，清唱一聲聞《露薤》。嗟予少小慕真隱，白髮青衫天所械。忽逢佳士與名山，何異枯楊便馬疥。	仰慕仙人	卷19，頁988	湖州
5		〈又次前韻贈賈耘老〉	從來不著萬斛船，一葉漁舟恣奔快。仙壇古洞不可到，空聽餘瀾鳴湃湃。今朝偶上法華嶺，縱觀始覺人寰隘。	營造仙境	卷19，頁990	湖州
6		〈趙閱道高齋〉	乃知賢達與愚陋，豈自相去九牛毛。長松百尺不自覺，企而羨者蓬與蒿。	營造仙境	卷19，頁991	湖州

（五）潁州：哲宗元祐六年（1091）至哲宗元祐七年（1092）

外任潁州與神仙主題相關的詩作，臚列如下：

編號	紀　年	詩　名	神仙吟詠詩句	主題	卷數，頁數	寫作地點
1	哲宗元祐六年（1091）	〈西湖秋涸，東池魚窘甚，因會客，呼網師遷之西池，為一笑之樂。夜歸，被酒不能寐，戲作放魚一首〉	安知中無蛟龍種，尚恐或有風雲會。明年春水漲西湖，好去相忘渺淮海。	托喻神物	卷34，頁1787	潁州

2		〈送歐陽推官赴華州監酒〉	好詩真脫兔，下筆先落鶻。知音如周郎，議論亦英發。文章乃餘事，學道探玄窟。	寄託情志	卷34，頁1806	潁州
3		〈十月十四日以病在告，獨酌〉	莫嫌風有待，漫欲戲寥廓。泠然心境空，彷彿來笙鶴。	寄託情志	卷34，頁1807	潁州
4		〈明日復以大魚為饋，重二十斤，且求詩故復戲之〉	餉魚欲自洗，鱗尾光卓犖。我是騎鯨手，聊堪充鹿角。	托喻神物	卷34，頁1810	潁州
5		〈和趙景貺栽檜〉	體備松柏姿，氣含芝朮薰。初扶鶴立骨，未出龍纏筋。	托喻神物	卷34，頁1810	潁州
6		〈與趙陳同過歐陽叔弼新治小齋，戲作〉	後夜龍作雨，天明雪填渠。夢回聞剝啄，誰呼趙陳予。	托喻神物	卷34，頁1812	潁州
7		〈禱雨張龍公，既應，劉景文有詩，次韻〉	張公晚為龍，抑自龍中來。伊昔風雲會，咄嗟潭洞開。精誠苟可貫，賓主真相陪。	托喻神物	卷34，頁1817	潁州
8		〈和劉景文見贈〉	元龍本志陋曹吳，豪氣崢嶸老不除。失路今為噲等伍，作詩猶似建安初。西來為我風鬟面，獨臥無人雪縞廬。	托喻神物	卷34，頁1821	潁州
9		〈次前韻送劉景文〉	白雲在天不可呼，明月豈肯留庭隅。怪君西行八百里，清坐十日一事無。	寄託情志	卷34，頁1822	潁州
10		〈以屏山贈歐陽叔弼〉	寓目紫翠間，安眠本非睡。夢中化為鶴，飛入長松寺。	托喻神物	卷34，頁1823	潁州
11		〈次韻陳履常張公龍潭〉	龍不憚往來，而我獨宴安。閉閣默自責，神交清夜闌。	托喻神物	卷34，頁1826	潁州

12		〈蠟梅一首贈趙景貺〉	歸來却夢尋花去，夢裏花仙覓奇句。此間風物屬詩人，我老不飲當付君。君行適吳我適越，笑指西湖作衣鉢。	寄託情志	卷34，頁1828	潁州
13		〈次韻致政張朝奉，仍招晚飲〉	自此養鉛鼎，無窮走河車。	煉丹長生	卷34，頁1830	潁州
14		〈洞庭春色并引〉	今年洞庭春，玉色疑非酒。賢王文字飲，醉筆蛟龍走。	托喻神物	卷34，頁1836	潁州
15		〈生日，蒙劉景文以古畫松鶴為壽，且貺佳篇，次韻為謝〉	吾嘗追喬、松，子亦鄙衛、霍。	仰慕仙人	卷34，頁1838	潁州
16	元祐七年（1092）	〈次韻和晁無咎學士相迎〉	避人聊復去瀛洲，伴我真能老淮海。夢中仇池千仞巖。便欲攬我青霞幨。	營造仙境	卷35，頁1868	潁州

（六）揚州：哲宗元祐七年（1092）二月移知揚州

外任揚州與神仙主題相關的詩作，臚列如下：

編號	紀　年	詩　名	神仙吟詠詩句	主題	卷數，頁數	寫作地點
1	哲宗元祐七年（1092）	〈次韻德麟西湖新成見懷絕句〉	壺中春色飲中仙，騎鶴東來獨惘然。	托喻神物	卷35，頁1877	揚州
2		〈再次韻德麟新開西湖〉	定須却致兩黃鵠，新與上帝開濯龍。	托喻神物	卷35，頁1878	揚州
3		〈雙石并敘〉	一點空明是何處，老人真欲住仇池。	營造仙境	卷35，頁1881	揚州
4		〈和陶飲酒二十首并敘・其九〉	斷絲不復續，斗水何足栖。不如玉井蓮，結根天池泥。	營造仙境	卷35，頁1881	揚州
5		〈聞林夫當徙靈隱寺寓居，戲作靈隱前一首〉	今君欲作靈隱居，葛衣草履隨僧蔬。	解憂避世	卷35，頁1894	揚州

6		〈送程德林赴真州〉	君為赤令有古風，政聲直入明光宮。天廄如海養群龍，并收其子豈不公，白沙何必煩此翁。	托喻神物	卷35，頁1899	揚州
7		〈予少年頗知種松，手植數萬株，皆中梁柱矣。都梁山中見杜輿秀才，求學其法，戲贈二首・其一〉	露宿泥行草棘中，十年春雨養髯龍。如今尺五城南杜，欲問東坡學種松。	托喻神物	卷35，頁1903	揚州→徐州

（七）定州：哲宗元祐八年（1093）八月，以二學士知定州，十月到定州任

外任定州與神仙主題相關的詩作，臚列如下：

編號	紀　年	詩　名	神仙吟詠詩句	主題	卷數，頁數	寫作地點
1	哲宗元祐八年（1093）	〈書丹元子所示《李太白真》〉	天人幾何同一漚，謫仙非謫乃其遊，麾斥八極隘九州。化為兩鳥鳴相酬，一鳴一止三千秋。	寄託情志	卷37，頁1994	開封→定州
2		〈石芝并引〉	老蠶作繭何時脫，夢想至人空激烈。古來大藥不可求，真契當如磁石鐵。	寄託情志	卷37，頁2001	定州
3		〈鶴歎〉	鶴有難色側睨予，豈欲臆對如鵩乎？我生如寄良畸孤，三尺長脛閣瘦軀。俯啄少許便有餘，何至以身為子娛。	寄託情志	卷37，頁2003	定州
4		〈題《毛女真》〉	霧鬢風鬟木葉衣，山川良是昔人非。祇應閑過商顏老，獨自吹簫月下歸。	滌慮俗念	卷37，頁2005	定州

5		〈次韻子由清汶老龍珠丹〉	黃門寡好心易足，荊棘不生梨棗熟。玄珠白璧兩無求，無脛金丹來入腹。區區分別笑樂天，那知空門不是仙。	寄託情志	卷37，頁2006	定州
6		〈次韻子由書清汶老所傳《秦湘二女圖》〉	丹元茅茨只三間，太極老人時往還。檢點凡心早除拂，方平神鞭常使物。	寄託情志	卷37，頁2007	定州
7		〈紫團參寄王定國〉	舊聞人銜芝，生此羊腸嶺。纖攕虎豹鬣，蹙縮龍蛇癭。蠶頭試小嚼，龜息變方聘。	托喻神物	卷37，頁2008	定州
8	元祐九年即紹聖元年（1094）	〈中山松醪寄雄州守王引進〉	鬱鬱蒼髯千歲姿，肯來杯酒作兒嬉。流芳不待龜巢葉，掃白聊煩鶴踏枝。	托喻神物	卷37，頁2017	定州

四、貶謫精蘊昇華期

（一）黃州：神宗元豐二年（1079）十二月至元豐七年（1084）四月止，謫黃

謫黃與神仙主題相關的詩作，臚列如下：

編號	紀　年	詩　名	神仙吟詠詩句	主題	卷數，頁數	寫作地點
1	神宗元豐三年（1080）	〈戲作種松〉	白髮何足道，要使雙瞳方。却後五百年，騎鶴還故鄉。	托喻神物	卷20，頁1027	開封→黃州
2		〈石芝并引〉	神山一合五百年，風吹石髓堅如鐵。	托喻神物	卷20，頁1047	黃州
3		〈遊武昌寒溪西山寺〉	西上九曲亭，眾山皆培塿。却看江北路，雲水渺何有。	寄託情志	卷20，頁1049	黃州

4		〈武昌銅劍歌并引〉	或投以塊鏗有聲，雷飛上天蛇入水。水上青山如削鐵，神物欲出山自裂。	托喻神物	卷 20，頁 1051	黃州
5		〈今年正月十四日，與子由別於陳州，五月，子由復至齊安，未至以詩迎之〉	早晚青山映黃髮，相看萬事一時休。	滌慮俗念	卷 20，頁 1051	黃州
6		〈與子由同遊寒溪西山〉	我今漂泊等鴻雁，江南江北無常棲。	寄託情志	卷 20，頁 1055	黃州
7	元豐四年（1081）	〈鐵拄杖并敘〉	不知流落幾人手，坐看變滅如春雪。忽然贈我意安在，兩腳未許甘衰歇。	寄託情志	卷 20，頁 1063	黃州
8		〈樂全先生生日以鐵拄杖為壽二首・其一〉	先生真是地行仙，住世因循五百年。每向銅人話疇昔，故教鐵杖鬬清堅。	營造仙境	卷 21，頁 1086	黃州
9	元豐五年（1082）	〈三朵花并敘〉	學道無成鬢已華，不勞千劫漫烝砂。	修養存真	卷 21，頁 1103	黃州
10		〈是日，偶至野人汪氏之居，有神降於其室，自稱天人李全，字德通。善篆字，用筆奇妙，而字不可識，云，天篆也。與予言，有所會者。復作一篇，仍用前韻〉	已聞龜策通神語，更看龍蛇落筆痕。	托喻神物	卷 21，頁 1105	黃州
11		〈贈黃山人〉	絕學已生真定慧，說禪長笑老浮屠。東坡若肯三年住，親與先生看藥爐。	煉丹長生	卷 21，頁 1118	黃州
12		〈李委吹笛并引〉	山頭孤鶴向南飛，載我南游到九嶷。下界何人也吹笛，可憐時復犯龜茲。	托喻神物	卷 21，頁 1136	黃州

13	元豐六年（1083）	〈寄周安孺茶〉	幽人無一事，午飯飽蔬菽。困臥北窗風，風微動窗竹。	修養存真	卷22，頁1165	黃州
14		〈和蔡景繁海州石室〉	仙人一去五十年，花老室空誰作主。手植數松今偃蓋，蒼髯白甲低瓊戶。	仰慕仙人	卷22，頁1178	黃州
15	元豐七年（1084）	〈初入廬山三首・其一〉	青山若無素，偃蹇不相親。要識廬山面，他年是故人。	修養存真	卷23，頁1210	黃州→筠州→金陵
16		〈初入廬山三首・其二〉	自昔懷清賞，神游杳靄間。如今不是夢，真箇在廬山。	修養存真	卷23，頁1210	黃州→筠州→金陵
17		〈圓通禪院，先君舊游也。四月二十四日晚，至，宿焉。明日，先君忌日也。乃手寫寶積獻蓋頌佛一偈，以贈長老僊公。僊公撫掌笑曰：「昨夜夢寶蓋飛下，著處輒出火，豈此祥乎！」乃作是詩。院有蜀僧宣，逮事訥長老，識先君云〉	何人更識嵇中散，野鶴昂藏未是仙。	仰慕仙人	卷23，頁1210	黃州→筠州→金陵
18		〈書李公擇白石山房〉	若見謫仙煩寄語，匡山頭白早歸來。	仰慕仙人	卷23，頁1215	黃州→筠州→金陵
19		〈廬山二勝并敘・開先漱玉亭〉	蕩蕩白銀闕，沉沉水精宮。願隨琴高生，腳踏赤鯶公。手持白芙蕖，跳下清泠中。	仰慕仙人	卷23，頁1216	黃州→筠州→金陵
20		〈廬山二勝并敘・棲賢三峽橋〉	玉淵神龍近，雨雹亂晴晝。垂瓶得清甘，可嚥不可漱。	托喻神物	卷23，頁1217	黃州→筠州→金陵

21		〈陶驥子駿佚老堂二首・其二〉	我從廬山來，目送孤飛雲。路逢陸道士，知是千歲人。	仰慕仙人	卷23，頁1231	黃州→筠州→金陵
22		〈和李太白并敘〉	緬懷卓道人，白首寓醫卜。謫仙固遠矣，此士亦難復。	仰慕仙人	卷23，頁1232	黃州→筠州→金陵
23		〈龍尾硯歌并引〉	君看龍尾豈石材，玉德金聲寓於石。與天作石來幾時，與人作硯初不辭。	托喻神物	卷23，頁1235	黃州→筠州→金陵

（二）惠州：哲宗紹聖元年（1094）十月至紹聖四年（1097）四月，謫惠

貶謫惠州與神仙主題相關的詩作，臚列如下：

編號	紀　年	詩　名	神仙吟詠詩句	主題	卷數，頁數	寫作地點
1	哲宗紹聖元年（1094）	〈黃河〉	帝假一源神禹迹，世流三患梗堯鄉。靈槎果有仙家事，試問青天路短長。	寄託情志	卷37，頁2026	開封→當塗轉往惠州
2		〈過杞贈馬夢得〉	萬古仇池穴，歸心負雪堂。殷勤竹裏夢，猶自數山王。	營造仙境	卷37，頁2028	開封→當塗轉往惠州
3		〈六月七日泊金陵，阻風，得鍾山泉公書，寄詩為謝〉	獨望鍾山喚寶公，林間白塔如孤鶴。寶公骨冷喚不聞，却有老泉來喚人。電眸虎齒霹靂舌，為余吹散千峰雲。	托喻神物	卷37，頁2031	開封→當塗轉往惠州
4		〈壺中九華并引〉	天池水落層層見，玉女窗虛處處通。念我仇池太孤絕，百金歸買碧玲瓏。	營造仙境	卷37，頁2047	開封→當塗轉往惠州
5		〈過大庾嶺〉	今日嶺上行，身世永相忘。仙人拊我頂，結髮受長生。	修養存真	卷38，頁2056	大庾嶺

6		〈宿建封寺，曉登盡善亭，望韶石三首．其一〉	雙闕浮空照短亭，至今猿鳥嘯青熒。君王自此西巡狩，再使魚龍舞洞庭。	托喻神物	卷38，頁2058	韶州
7		〈宿建封寺，曉登盡善亭，望韶石三首．其三〉	嶺海東南月窟西，功成天已錫玄圭。此方定是神仙宅，禹亦東來隱會稽。	仰慕仙人	卷38，頁2059	韶州
8		〈月華寺〉	我願銅山化南畝，爛漫黍麥蘇惸鰥。道人修道要底物，破鐺煮飯茅三間。	滌慮俗念	卷38，頁2060	韶州
9		〈南華寺〉	我本修行人，三世積精鍊。中間一念失，受此百年譴。	滌慮俗念	卷38，頁2061	韶州
10		〈碧落洞〉	我行畏人知，恐為仙者迎。小語輒響答，空山白雲驚。策杖歸去來，治具煩方平。	仰慕仙人	卷38，頁2062	韶州
11		〈峽山寺〉	佳人劍翁孫，游戲暫人間。忽憶嘯雲侶，賦詩留玉環。林深不可見，霧雨霾髻鬟。	解憂避世	卷38，頁2064	英州
12		〈舟行至清遠縣，見顧秀才，極談惠州風物之美〉	到處聚觀香案吏，此邦宜著玉堂仙。江雲漠漠桂花濕，海雨翛翛荔子然。聞道黃柑常抵鵲，不容朱橘更論錢。恰從神武來弘景，便向羅浮覓稚川。	仰慕仙人	卷38，頁2064	清遠縣
13		〈廣州蒲澗寺〉	不用山僧導我前，自尋雲外出山泉。千章古木臨無地，百尺飛濤瀉漏天。	營造仙境	卷38，頁2065	廣州

14		〈浴日亭〉	已覺蒼涼蘇病骨，更煩沆瀣洗衰顏。忽驚烏動行人起，飛上千峰紫翠間。	滌慮俗念	卷38，頁2067	廣州
15		〈游羅浮山一首示兒子過〉	東坡之師抱朴老，真契久已交前生。玉堂金馬久流落，寸田尺宅今誰耕。	仰慕仙人	卷38，頁2069	博羅縣羅浮山
16		〈寓居合江樓〉	海上蔥曨氣佳哉，二江合處朱樓開。蓬萊方丈應不遠，肯為蘇子浮江來。江風初涼睡正美，樓上啼鴉呼我起。我今身世兩相違，西流白日東流水。	仰慕仙人	卷38，頁2071	惠州
17		〈白水山佛迹巖〉	雙溪匯九折，萬馬騰一鼓。奔雷濺玉雪，潭洞開水府。潛鱗有飢蛟，掉尾取渴虎。我來方醉後，濯足聊戲侮。回風卷飛雹，掠面過強弩。	托喻神物	卷38，頁2080	惠州
18	紹聖二年（1095）	〈追餞正輔表兄至博羅，賦詩為別・再用前韻〉	贈行無物惟一語，莫遣瘴霧侵雲鬢。羅浮道人一傾蓋，欲繫白日留君顏。應知我是香案吏，他年許綴蓬萊班。	修養存真	卷39，頁2111	惠州
19		〈次韻定慧欽長老見寄八首并引・其二〉	鐵橋本無柱，石樓豈有門。舞空五色羽，吠雲千歲根。松花釀仙酒，木客饋山飧。我醉君且去，陶云吾亦云。	修養存真	卷39，頁2115	惠州
20		〈江漲用過韻〉	坎離更休王，魚鱉橫陵陸。得非崑崙	托喻神物	卷39，頁2119	惠州

			囚，欲報陸渾峒。行看北風競，來救南國蹙。長驅連山燒，一掃含沙毒。			
21		〈四月十一日初食荔支〉	我生涉世本為口，一官久已輕蓴鱸。人間何者非夢幻，南來萬里真良圖。	營造仙境	卷39，頁2122	惠州
22		〈次韻程正輔遊碧落洞〉	空山不難到，絕境未易名。何時謫仙人，來作鈞天聲。胸中幾雲夢，餘地多恢宏。長庚與北斗，錯落綴冠纓。黃公獻紫芝，赤松饋青精。	仰慕仙人	卷39，頁2125	惠州
23		〈和陶讀《山海經》并引・其二〉	稚川雖獨善，愛物均孔、顏。欲使蟪蛄流，知有龜鶴年。辛勤破封埶，苦語劇移山。博哉無窮利，千載食此言。	托喻神物	卷39，頁2130	惠州
24		〈和陶讀《山海經》并引・其四〉	子政洵奇逸，妙算窮陰陽。淮南枕中訣，養鍊歲月長。豈伊臭濁中，爭此頃刻光。安知青藜火，丈人非中黃。	修養存真	卷39，頁2131	惠州
25		〈和陶讀《山海經》并引・其五〉	亂離棄弱女，破冢割恩憐。寧知效龜息，三歲號窮山。長生定可學，當信仲弓言。支牀竟不死，抱一無窮年。	托喻神物	卷39，頁2132	惠州
26		〈和陶讀《山海經》并引・其六〉	二山在咫尺，靈藥非草木。玄芝生太元，黃精出長谷。仙都浩如海，豈不	營造仙境	卷39，頁2132	惠州

			供一浴。何當從山火，束縕分寸燭。			
27		〈和陶讀《山海經》并引．其七〉	蜀士李八百，六居吳山陰。默坐但形語，從者紛如林。其後有李寬，雞鵠非同音。口耳固多偽，識真要在心。	修養存真	卷39，頁2133	惠州
28		〈和陶讀《山海經》并引．其八〉	黃花冒甘谷，靈根固深長。廖井窖丹砂，紅泉湧尋常。二女戲口鼻，松膏以為糧。聞此不能寐，起坐夜未央。	修養存真	卷39，頁2133	惠州
29		〈和陶讀《山海經》并引．其九〉	談道鄙俗儒，遠自太史走。仲尼實不死，於聖亦何負。紫文出吳宮，丹雀本無有。遼哉廣桑君，獨顯三季後。	解憂避世	卷39，頁2134	惠州
30		〈和陶讀《山海經》并引．其十〉	金丹不可成，安期渺雲海。誰謂黃門妻，至道乃近在。尸解竟不傳，化去空餘悔。丹成亦安用，御氣本無待。	煉丹長生	卷39，頁2135	惠州
31		〈和陶讀《山海經》并引．其十二〉	古強本庸妄，蔡誕亦夸士。曼督斥仙人，謫帝輕舉止。學道未有得，自欺誰不爾。稚川亦隘人，疏錄此庸子。	修養存真	卷39，頁2135	惠州
32		〈和陶讀《山海經》并引．其十三〉	東坡信畸人，涉世真散材。仇池有歸路，羅浮豈徒來。踐蛇及茹蠱，心空了無猜。攜手葛與陶，歸哉復歸哉。	仰慕仙人	卷39，頁2136	惠州

33		〈聞正輔表兄將至以詩迎之〉	賴我存黃庭，有時仍丹丘。目聽不任耳，踵息殆廢喉。稍欣素月夜，遂度黃茅秋。我兄清廟器，持節瘴海頭。	修養存真	卷39，頁2143	惠州
34		〈正輔既見和，復次前韻，慰鼓盆，勸學佛〉	稚川真長生，少從鄭公遊。孝章偶不死，免為文舉憂。餘齡會有適，獨往豈相攸。由來警露鶴，不羡攫蚤鷗。願加視後鞭，同駕躅空輈。	修養存真	卷39，頁2145	惠州
35		〈同正輔表兄遊白水山〉	浮來山高回望失，武陵路絕無人送。筠籃擷翠爪甲香，素綆分碧銀瓶凍。歸路霏霏湯谷暗，野堂活活神泉湧。解衣浴此無垢人，身輕可試雲間鳳。	修養存真	卷39，頁2148	惠州
36		〈次韻正輔同遊白水山〉	千年枸杞常夜吠，無數草棘工藏遮。但令凡心一洗濯，神人仙藥不我遐。山中歸來萬想滅，豈復回顧雙雲鴉。	滌慮俗念	卷39，頁2150	惠州
37		〈十一月九日，夜夢與人論神仙道術，因作一詩八句。即覺，頗記其語，錄呈子由弟。後四句不甚明了，今足成之耳〉	析塵妙質本來空，更積微陽一線功。照夜一燈長耿耿，閉門千息自濛濛。養成丹竈無烟火，點盡人間有暈銅。寄語山神停伎倆，不聞不見我何窮。	煉丹長生	卷39，頁2154	惠州
38		〈小圃五詠・枸杞〉	神藥不自閟，羅生滿山澤。日有牛羊憂，歲有野火厄。	煉丹長生	卷39，頁2158	惠州

			越俗不好事，過眼等茨棘。			
39	紹聖三年（1096）	〈次韻高要令劉湜峽山寺見寄〉	人間無南北，蝸角空出縮。仇池九十九，嵩少三十六。天人同一夢，仙凡無兩錄。陋邦真可老，生理亦粗足。便回蓺天焰，長作照海燭。	滌慮俗念	卷40，頁2189	惠州
40		〈和陶移居二首并引・其二〉	古觀廢已久，白鶴歸何時。我豈丁令威，千歲復還茲。江山朝福地，古人不我欺。	修養存真	卷40，頁2192	惠州
41		〈遷居并引〉	吾生本無待，俯仰了此世。念念自成劫，塵塵各有際。下觀生物息，相吹等蚊蚋。	修養存真	卷40，頁2196	惠州
42		〈和陶桃花源并引〉	從來一生死，近又等癡慧。蒲澗安期境，羅浮稚川界。夢往從之遊，神交發吾蔽。桃花滿庭下，流水在戶外。却笑逃秦人，有畏非真契。	修養存真	卷40，頁2198	惠州
43		〈兩橋詩并引・東新橋〉	羣鯨貫鐵索，背負橫空霓。首搖翻雪江，尾插崩雲溪。機牙任信縮。漲落隨高低。轆轤卷巨綆，青蛟挂長隄。奔舟免狂觸，脫筏防撞擠。一橋何足云，歡傳廣東西。	托喻神物	卷40，頁2199	惠州
44		〈海上道人傳以神守氣訣〉	但向起時作，還於作處收。蛟龍莫放	寄託情志	卷40，頁2209	惠州

			睡，雷雨直須休。要會無窮火，嘗觀不盡油。夜深人散後，惟有一燈留。			
45		〈贈陳守道〉	徒自取先用極力，誰知所得皆空名。少微處士松柏寒，蓬萊真人冰玉清。山是心兮海為腹，陽為神兮陰為精。	仰慕仙人	卷 40，頁 2210	惠州
46		〈辨道歌〉	吾恨爾見有所遮，海波或至驚井蛙。烏輪即晚蟾影斜，吾時俱睹超雲霞。	解憂避世	卷 40，頁 2213	惠州
47		〈吳子野絕粒不睡，過作詩戲之，芝上人陸道士皆和，予亦次其韻〉	聊為不死五通仙，終了無生一大緣。獨鶴有聲知半夜，老蠶不食已三眠。	仰慕仙人	卷 40，頁 2214	惠州
48	紹聖四年（1097）	〈白鶴峰新居欲成，夜過西鄰翟秀才，二首・其二〉	佐卿恐是歸來鶴，次律寧非過去僧。他日莫尋王粲宅，夢中來往本何曾。	托喻神物	卷 40，頁 2215	惠州
49		〈和陶歲暮作和張常侍并引〉	我生有天祿，玄膺流玉泉。何事陶彭澤，乏酒每形言。仙人與道士，自養豈在繁。但使荊棘除，不憂梨棗愆。	仰慕仙人	卷 40，頁 2217	惠州
50		〈和陶答龐參軍六首并引・其一〉	我見異人，且得異書。挾書從人，何適不娛。羅浮之趾，卜我新居。子非玄德，三顧我廬。	仰慕仙人	卷 40，頁 2223	惠州

（三）儋州：哲宗紹聖四年（1097）七月到哲宗元符三年（1100）五月，謫儋

謫儋與神仙主題相關的詩作，臚列如下：

編號	紀　年	詩　名	神仙吟詠詩句	主題	卷數，頁數	寫作地點
1	哲宗紹聖四年（1097）	〈行瓊、儋間，肩輿坐睡。夢中得句云：千山動鱗甲，萬谷酣笙鐘。覺而遇清風急雨，戲作此數句〉	千山動鱗甲，萬谷酣笙鐘。安知非羣仙，鈞天宴未終。喜我歸有期，舉酒屬青童。急雨豈無意，催詩走羣龍。夢雲忽變色，笑電亦改容。應怪東坡老，顏衰語徒工。久矣此妙聲，不聞蓬萊宮。	寄託情志	卷41，頁2246	惠州→儋州
2		〈次前韻寄子由〉	我少即多難，邅回一生中。百年不易滿，寸寸彎強弓。老矣復何言，榮辱今兩空。泥洹尚一路，所向餘皆窮。似聞崆峒西，仇池迎此翁。胡為適南海，復駕垂天雄。下視九萬里，浩浩皆積風。	寄託情志	卷41，頁2248	惠州→儋州
3		〈和陶連雨獨飲二首并引・其二〉	誤入無功鄉，掉臂嵇阮間。飲中八仙人，與我俱得仙。淵明豈知道，醉語忽談天。偶見此物真，遂超天地先。醉醒可還酒，此覺無所還。	仰慕仙人	卷41，頁2253	儋州
4		〈聞子由瘦〉	海康別駕復何為，帽寬帶落驚僮僕。相看會作兩臞仙，還鄉定可騎黃鵠。	滌慮俗念	卷41，頁2258	儋州
5		〈和陶九日閑居并引〉	閑居知令節，樂事滿餘齡。登高望雲海，醉覺三山傾。	修養存真	卷41，頁2260	儋州

			長歌振履商，起舞帶索榮。坎坷識天意，淹留見人情。但願飽秔稌，年年樂秋成。			
6		〈和陶擬古九首·其四〉	稍喜海南州，自古無戰場。奇峰望黎母，何異嵩與邙。飛泉瀉萬仞，舞鶴雙低昂。	營造仙境	卷41，頁2262	儋州
7		〈和陶雜詩十一首·其六〉	稚川差可近，倘有接物意。我頃登羅浮，物色恐相值。徘徊朱明洞，沙水自清駛。滿把菖蒲根，歎息復棄置。	修養存真	卷41，頁2275	儋州
8		〈和陶雜詩十一首·其七〉	昔與吳遠遊，同藏一瓢窄。潮陽隔雲海，歲晚倘見客。伐薪供養火，看作棲鳳宅。	托喻神物	卷41，頁2276	儋州
9		〈和陶雜詩十一首·其八〉	參同得靈鑰，九鎖啟伯陽。鵝城見諸孫，貧苦我為傷。空餘焦先室，不傳元化方。遺像似李白，一奠臨江觴。	寄託情志	卷41，頁2277	儋州
10		〈入寺〉	光圓摩尼珠，照耀玻璃盆。來從佛印可，稍覺魔忙奔。閑看樹轉午，坐到鐘鳴昏。斂收平生心，耿耿聊自溫。	修養存真	卷41，頁2283	儋州
11		〈謫居三適三首·旦起理髮〉	安眠海自運，浩浩朝黃宮。日出露未晞，鬱鬱濛霜松。老櫛從我久，齒疎含清風。一洗耳目明，習習萬竅通。	滌慮俗念	卷41，頁2285	儋州

12		〈謫居三適三首·午窗坐睡〉	我生有定數，祿盡空餘壽。枯楊不飛花，膏澤回衰朽。謂我此為覺，物至了不受。謂我今方夢，此心初不垢。非夢亦非覺，請問希夷叟。	滌慮俗念	卷41，頁2286	儋州
13	紹聖五年即元符元年（1098）	〈和陶神釋〉	知君非金石，安得長託附。莫從老君言，亦莫用佛語。仙山與佛國，終恐無是處。甚欲隨陶翁，移家酒中住。醉醒要有盡，未易逃諸數。平生逐兒戲，處處餘作具。	寄託情志	卷42，頁2307	儋州
14		〈過子忽出新意，以山芋作玉糝羹，色香味皆奇絕。天上酥陀則不可知，人間決無此味也〉	香似龍涎仍釅白，味如牛乳更全清。莫將南海金虀膾，輕比東坡玉糝羹。	托喻神物	卷42，頁2317	儋州
15	元符三年（1100）	〈追和戊寅歲上元〉	一龕京口嗟春夢，萬炬錢塘憶夜歸。合浦賣珠無復有，當年笑我泣牛衣。	滌慮俗念	卷43，頁2346	儋州
16		〈安期生并引〉	安期本策士，平日交蒯通。嘗干重瞳子，不見隆準公。應如魯仲連，抵掌吐長虹。難堪踞牀洗，寧挹扛鼎雄。事既兩大繆，飄然籥遺風。乃知經世士，出世或乘龍。豈比山澤臞，忍飢啖柏松。	仰慕仙人	卷43，頁2349	儋州

17		〈答海上翁〉	山翁不復見新詩，疑是河南石壁曦。海水豈容鯨飲盡，然犀何處覓瓊枝。	寄託情志	卷43，頁2350	儋州
18		〈和陶郭主簿二首并引・其二〉	願因騎鯨李，追此御風列。丈夫貴出世，功名豈人傑。家書三萬卷，獨取《服食訣》。地行即空飛，何必挾日月。	寄託情志	卷43，頁2351	儋州
19		〈司命宮楊道士息軒〉	無事此靜坐，一日似兩日。若活七十年，便是百四十。黃金幾時成，白髮日夜出。開眼三千秋，速如駒過隙。是故東坡老，貴汝一念息。	滌慮俗念	卷43，頁2352	儋州
20		〈贈李兕彥威秀才〉	棄書捐劍學萬人，紈袴儒冠皆誤身。窮途政似不龜手，與世羞為西子顰。如今惟有談天口，雲夢胸中吞八九。世間萬事寄黃粱，且與先生說烏有。	滌慮俗念	卷43，頁2353	儋州
21		〈葛延之贈龜冠〉	南海神龜三千歲，兆協朋從生慶喜。智能周物不周身，未免人鑽七十二。誰能用爾作小冠，岣嶁耳孫創其制。君今此去寧復來，欲慰相思時整視。	托喻神物	卷43，頁2354	儋州
22		〈和陶始經曲阿〉	天命適如此，幸收廢棄餘。獨有愧此翁，大名難久居。	寄託情志	卷43，頁2356	儋州

			不思犧牛龜，兼取熊掌魚。北郊有大賚，南冠解囚拘。眷言羅浮下，白鶴返故廬。			
23		〈真一酒歌并引〉	跏趺牛噍安且詳，動搖天關出瓊漿。壬公飛空丁女藏，三伏遇井了不嘗。醲為真一和而莊，三杯儼如侍君王。湛然寂照非楚狂，終身不入無功鄉。	寄託情志	卷43，頁2361	儋州
24		〈儋耳〉	霹靂收威暮雨開，獨憑闌檻倚崔嵬。垂天雌霓雲端下，快意雄風海上來。野老已歌豐歲語，除書欲放逐臣回。殘年飽飯東坡老，一壑能專萬事灰。	寄託情志	卷43，頁2363	儋州

五、北歸洄游期：哲宗元符三年（1100）五月到徽宗建中靖國元年（1101）七月

北歸洄游與神仙主題相關的詩作，臚列如下：

編號	紀　年	詩　名	神仙吟詠詩句	主題	卷數，頁數	寫作地點
1	哲宗元符三年（1100）	〈澄邁驛通潮閣二首・其二〉	餘生欲老海南村，帝遣巫陽招我魂。杳杳天低鶻没處，青山一髮是中原。	營造仙境	卷43，頁2365	澄邁縣
2		〈合浦愈上人，以詩名嶺外，將訪道南岳，留詩壁上云：閑伴孤雲自在飛。東坡	孤雲出岫豈求伴，錫杖凌空自要飛。為問庭松尚西指，不知老奘幾年歸。	營造仙境	卷43，頁2371	合浦縣

		居士過其精舍，戲和其韻〉				
3		〈歐陽晦夫遺接羅琴枕，戲作此詩謝之〉	羽衣鶴氅古仙伯，岌岌兩柱扶霜紈。至今畫像作此服，凜如退之加渥丹。爾來前輩皆鬼錄，我亦帶脫巾攲寬。	仰慕仙人	卷43，頁2372	廉州
4		〈送鮮于都曹歸蜀灌口舊居〉	朝行犀浦催收芋，夜渡繩橋看伏龍。莫歎倦游無馹馬，要將老健敵千鐘。	托喻神物	卷44，頁2388	藤州→廣州
5		〈送邵道士彥肅還都嶠〉	乞得紛紛擾擾身，結茅都嶠與仙鄰。少而寡欲顏常好，老不求名語益真。許邁有妻還學道，陶潛無酒亦從人。相隨十日還歸去，萬劫清游結此因。	仰慕仙人	卷44，頁2389	藤州→廣州
6		〈周教授索枸杞，因以詩贈，錄呈廣倅蕭大夫〉	蘭傷桂折緣有用，爾獨何損丹其族。贈君慎勿比薏苡，采之終日不盈匊。外澤中乾非爾儔，斂藏更借秋陽曝。雞壅桔梗一稱帝，堇也雖尊等臣僕。時復論功不汝遺，異時譁事東籬菊。	寄託情志	卷44，頁2394	廣州
7		〈韋偃牧馬圖〉	沙苑茫茫蒺藜秋，風騣霧鬣寒颼颼。龍種尚與駑駘遊，長楷短豆豈我羞。八鑾六轡非馬謀，古來西山與東丘。	托喻神物	卷44，頁2398	廣州
8		〈和黃秀才鑑空閣〉	明月本自明，無心孰為境。挂空如水	修養存真	卷44，頁2399	廣州

			鑑，寫此山河影。我觀大瀛海，巨浸與天永，九州居其間，無異蛇盤鏡。空水兩無質，相照但耿耿。妄云桂兔蟆，俗說皆可屏。我遊鑑空閣，缺月正淒冷。			
9		〈次韻韶倅李通直二首・其二〉	青山祇在古城隅，萬里歸來卜築初。會見四山朝鶴駕，更看三李跨鯨魚。欲從抱朴傳家學，應怪中郎得異書。待我丹成馭風去，借君瓊佩與霞裾。	煉丹長生	卷 44，頁 2411	韶州
10	徽宗建中靖國元年（1101）	〈乞數珠贈南禪湜老〉	道士守玄牝，龍虎看舒卷。我老安能為，萬劫付一喘。默坐閱塵界，往來八十反。區區我所寄，蹙縮蠶在繭。適從海上回，蓬萊又清淺。	寄託情志	卷 45，頁 2432	虔州
11		〈次韻江晦叔兼呈器之〉	橫空初不跨鵬鼇，但覺胡牀步步高。一枕晝眠春有夢，扁舟夜渡海無濤。歸來又見顛茶陸，多病仍逢止酒陶。笑說南荒底處所，祇今榕葉下庭皐。	寄託情志	卷 45，頁 2446	虔州
12		〈次韻郭功甫觀予畫雪雀有感二首・其一〉	早知臭腐即神奇，海北天南總是歸。九萬里風安稅駕，雲鵬今悔不卑飛。	寄託情志	卷 45，頁 2455	江州→太平州→金陵→真州